クリームイエローの海と春キャベツのある家

せやま南天

朝日新聞出版

クリームイエローの海と春キャベツのある家

プロローグ

ほんの些細《ささい》なことで、見えていた世界の色がガラリと変わってしまうことってある。
たとえば、今朝のはなし。

永井《ながい》津麦《つむぎ》が降り立ったのは、陰気な駅だった。ホームから改札階へ上がるのに、エスカレーターはない。みな下を向き、兵隊みたいに一定の速度で階段を上がっていく。津麦も無心でその列に加わった。目の前で、先を行くサラリーマンの黒いスラックスが、小さくはためく。上がった先の改札階は、窓が少ない上、蛍光灯の灯《あか》りが三つに二つくらいは消えていて、朝だというのに薄暗い。通路の端には、大きな灰色の埃《ほこり》のかたまりが人々の作る空気の流れに身を任せ、床を漂っていた。

改札を出ると、線路沿いの道を進む。雑な舗装が細切れにされていて、歩きづらい道だ。舗装の膨らみに合わせ、歩を進める。津麦の少し前を行く、ゴミ収集車の車体は、ゴミ袋を回収し発車させるたびに、危うげに右へ左へ傾く。線路との境目に立つコンクリートの壁や、その向かいに並ぶ店のシャッターには、スプレーで文字なのか絵なのかよく分からない、不気味な落書きがしてある。

夜に歩くのはちょっと怖いな、と津麦は思った。今が朝の八時半だといっても、早く通り過ぎるに越したことはない、と足を早める。

そんな時、後ろから、子どもの歌声が近づいてきた。

響く、陽気な歌声。

これなんの歌だっけ。ずいぶん昔に聞いたことがある。荒《すさ》んだ駅や通勤の風景で、灰色になっていた津麦の心に、懐かしいような色味がほんの少し差し込んだ。そうそう、虹が空にかかる歌だった。と目を細めた瞬間、唐突に歌は止《や》み、代わりに自転車の車輪の音と重なるように、幼い声が耳を掠《かす》めた。

「お父さん、今日の晩ごはんはなぁに?」

自転車が津麦を追い抜いていく。

運転している男性の、低くて明るい笑い声が聞こえる。後ろに乗った男の子の空色のスモックが、風を受け膨らんでいる。津麦のふわりと巻いたポニーテールが揺れる。風に乗り、焼きたてのパンの柔らかく甘やかな匂いが、津麦の鼻先に香った気がした。通り過ぎた親子の朝食だろうか。それとも、どこかの家の……思い巡らせながらも、津麦は聞こえた男の子の言葉を反芻《はんすう》する。「今日の晩ごはんはなぁに?」か。まだ朝を食べたばかりであろう時間帯。それでも、もう晩ごはんが気になるのねと思い、クスリと笑みがこぼれる。

でこぼこの道のせいで、自転車もやはり左右へゆらゆらするけれど、お父さんは安全運転で、子どもは安心しきった様子でお父さんにもたれ掛かり、空を見上げてまた歌い出す。いかにも気持ちがよさそうだ。

つられて見上げた空は、あたたかに晴れていた。五月の空だ。

ああ、良かった。あの親子がここを通らなければ、こんなにいい天気だというのに、曇り空みたいな心のまま、仕事に入ってしまうところだった。さっきまでの自分をもう一度かき消せるようにと、津麦は男の子が歌っていた歌を、口ずさんでみる。記憶をたどりながら。自分だけに聞こえるくらいの小さな声で。ラララ。

気づけば足取りは軽く、気持ちは伸びやかになっていた。

一

線路沿いの道のつきあたり、地図アプリの示すところに、メゾン松沢本町《まつざわほんまち》はあった。白く縦に長いこぎれいなマンション。二階の二〇二号室が、今日からの勤務地だ。

家事代行サービスの仕事を紹介してくれるアプリで、最寄り駅から乗り換えなしで行ける範囲の仕事を探し、見つけたのがこの家。織野《おりの》家だった。

津麦は、新卒で五年間勤めた大手の商社を辞めて、三か月前に家事代行の派遣会社に登録したばかりの新米スタッフだ。

この仕事は以前と違って、持ち物が多い。いまだに慣れない津麦は、手提げ鞄《かばん》の中身を何度も確かめた。

身分証
スマホ

エプロン
三角巾
マスク
手を拭くタオル
ゴム手袋
替えの靴下
うん、忘れ物はない。大丈夫だ。

商社にいた頃、持ち物といえば身分証とスマホくらいだった。それらをスーツの内ポケットに入れて、鞄も持たずに身体《からだ》一つで会社にくる社員もいたほどだ。けれど、仕事は持ち物ほど軽々しいものではなかった。五年目の津麦に任された仕事は、規模とやりがいと責任のすべてが大きく、津麦は寝食以外の時間を注ぎこんで働いた。そして、気が付いたら、倒れていた。過労だった。

商社勤めで狂ってしまった身体のリズムを戻すため、家事代行の仕事は、基本的に午前中に行くことにしていた。共働きの三人家族や老夫婦が、定期的に依頼をくださるお客様。三か月が過ぎる頃までに、少しずつ顧客を増やしてきた。週に五日働くため、水曜日の午前、空いていた一枠に選んだのが、織野家だった。

新しく担当する織野家は、津麦がこれまでに担当してきた家とは少し毛色の違う家庭だった。アプリの情報によると、依頼主の織野朔也《さくや》はシングルファーザー。一家六人暮らし。週に一回、掃除・料理・洗濯などを希望。相談して決めたい、と書いてあった。不安もあったが、定期的に通うことになりそうだし、電車一本で行けるアクセスのしやすさを優先した。

家事代行を依頼した家の情報は、依頼主に直接聞き取りをした相談員を経由し、アプリに登録される。それを見た家事代行スタッフが希望する案件へ、アプリ上から応募する。相談員が問題なしと判断すれば、依頼主とスタッフのマッチングは成立となり、スタッフのアプリに通知がくる仕組みだ。通知を見て、スタッフ自身で依頼主に電話をかけ、あいさつと初日の作業内容の打ち合わせをすることになっている。

「はじめまして。家事代行サービスの永井津麦と申します。織野様のお電話でよろしいでしょうか」

「ああ、そうだけど！」

朔也の大きな声に、鼓膜がビリビリと震える。後ろでは、何かを削るようなウィーンという金属音、釘《くぎ》を打ちこむような甲高い音が一定のリズムで鳴っている。朔也の職場は工事現場か何かかな、と津麦は思った。

「初回に訪問させていただく日が、近づいてまいりました。当日の作業内容の確認をさせていただけますでしょうか」

「あー、その日は長女が家にいるのでー！　長女に伝えておきます。今から何やってほしいとか、ちょっとわかんないのでー！　その日になってみないとー、どうにも！」

「そうですか……承知しました。それでは、三日後の朝九時にお伺いします。お仕事中、失礼いたしました」

後ろの雑音のせいもあるのだろうが、怒鳴るようなめんどくさそうな口調に気圧《けお》されて、津麦は早々に電話を切った。電話対応だけでも、これまでの客とは違う雰囲気をいやでも感じる。

これまで津麦が担当してきた客は、もっとずっと丁寧だった。口調もそうだが、和食や洋食などどんな料理が好きか、子どもが小さいので味付けは薄めにしてほしい、年寄りだから脂っこいものは控えてほしい、といった要望を細やかに伝えてくれた。事前に家に用意しておいた方がよい食材や調味料がないかと、津麦の意見も聞いてくれた。けれど今回は、当日の作業について何のイメージも湧かないまま、現場に向かうことになった。

とはいえ、家事は家事だ。

どんな家でもやることは同じはずだ。

メゾン松沢本町の共用エントランスに立った津麦は、自分を励ます。約束の時間、九時のちょうど五分前になったことを確認し、インターホンへ向かう。注意深く「2・0・2」、そして最後に「呼出」のボタンを押した。

事前の電話で言われていた通り、スピーカーからは少女の声の「はい」が聞こえた。スピーカー越しにも伝わるぎこちなさ。津麦も、初めての現場ということもあり、緊張に引っ張られそうになる。こういうときは、無理にでも明るい声を出すしかない。呼出ボタンの上のカメラに向かって、口角を持ち上げる。

「おはようございますっ。本日、家事代行に伺いました、永井です」

「あっ」

と言って、スピーカーからの声はプッツリと途切れる。厚いガラスの自動ドアが開く。止まっていたエレベーターに乗り、二階を押す。エレベーターから降りて目の前に二つ並ぶドアのうち、右側の部屋が二〇二号室だった。今度は、ドア横のチャイムを鳴らす。こちらへの応答はなく、バタバタとドアの奥で足音がし、続いて鍵が開く音がする。

ゆっくり開いたドアから、白い少女の顔がのぞいた。黒々と丸い目が、津麦の瞳を真っすぐに見つめている。顔はふっくらとして幼さが残るけれど、半袖短パンからのぞく手足は長く、骨そのままみたいに細い。黒髪は顎の少し上で切り揃《そろ》えられ、前髪はピンで止められていた。のぞく白いおでこにある数個のにきびが、年頃の子どもらしい。

「はじめまして。永井と申します。本日はよろしくお願いします」

少女は無表情のまま呟《つぶや》くように、お願いします、とおうむ返しをする。そして、どうぞと奥へ案内してくれた。玄関は暗い。窓からの明かりは届かず、外から入ってきて目が慣れぬうちは、手元もよく見えぬほどだった。この子はまだ、他人を招き入れたら電気をつけなければ、と機転が利くほどの大人ではないのだな、と思う。人を迎えることに慣れていない。

他の家族はみな出払っているせいか、玄関には靴やものが少ないようだった。けれど、廊下を進むにつれ、その先に広がる空間の異様さに、津麦は絶句した。

服。

服。

服。

リビングと思われる場所の、床一面を覆っているのは、大量の洋服だった。山、どころではない。洋服の海だ。真っ青ではなく、全体にうっすら黄みがかったクリームイエローの海。何日も、もしかしたら何か月も、そこから動かされず放置されているがゆえか、生《せい》の匂いはせず、着古された衣類が放つ独特のザラザラとした質感が、触らずとも目から伝わる。決して狭くはないリビングだが、全体を覆う服により、ものすごい圧迫感がある。

もうこんな時期には着ないであろうファーのついた上着、くしゃくしゃに丸まったパンツ、子どものメッシュの下着、よだれかけ、片っぽだけの靴下は柄合わせが困難なほど大量に散らばり、袖の長さも厚さもバラバラな洋服が、波のようにそこここに小山を作りながら広がっている。

家族六人分の洗濯物のようだ。ところどころ、ハンガーのフックが洋服の海から突き出ているし、洗濯バサミが付きっぱなしの服もある。

小さい子ども達のものと思われる、おもちゃや、オムツやおしり拭き、買い物した後、中身を取りだして投げ捨てられたみたいなレジ袋が、服の海の上を漂っている。

すごいですね……と思わず口を滑らせそうになり、慌てて呑み込む。

この家の子どもにとっては、これが日常なのかもしれない。今ここで異様だと突き付けるのは、かわいそうな気がした。「どんな家でもやることは同じ」津麦はもう一度自分に言い聞かせるように胸の内で唱えた。そして、頬の筋肉に力を入れ、なんとか笑顔を保ちながら、必死で家事代行マニュアルを思い出す。

「このあたりに、持ってきた荷物を置かせていただきますね」

革の黒い手提げ鞄をおろすため、床に積まれている服をグッと押しのけて、スペースを作る。見えた床の部分には、シミだらけの絨毯《じゅうたん》に、食べ物のカスのような小さな茶色や黒い欠片《かけら》が無数に落ちていた。「ひぃ！」と声をあげそうになりながら、またなんとか堪《こら》える。

その鞄は商社に入社する時、就職の祝いにと、母が買ってくれたものだった。こんな、虫が這《は》っていても気づかないような床に置きたくはない。

七年前。津麦が、商社に就職したいと告げた時、両親はすぐに賛成してくれたわけではなかった。二人とも、一人娘の津麦は、税理士事務所で父の跡を継ぐのだと、その日まで信じ込んでいた。大学は法学部に進み、在学中に税理士試験にも合格していたのだから、無理もない。

感情をほとんど見せたことのなかった母は、初めてこの日、娘の津麦の前で涙を流した。

「何が不満なの？　何が足りなかったの？　何でもしてあげたじゃないの」

そう言って、母の美しい顔が歪《ゆが》むのを眺めながら、津麦はぼんやりと思った。母はいったい、何をしてくれたというのだろう、と。同時に、見たことのない母の感情に触れたことによる歓喜が、身体の奥からせり上がってくるのを自覚した。

それでも、なんとか平静を装って、津麦は言ったのだ。

「不満なんて……。なかったよ」

「じゃあ、なんで。なんでお父さんの事務所で働かないのよ。それが、あなたと私の夢だったでしょう」

なんでなんでと問い続ける母に津麦が言い返しかけたのを遮って、父は言った。

「芳江《よしえ》、もうそれくらいにしておきなさい」

「でも……」

言いかけて、母は口をつぐむ。

「分かりました。あそこは、お父さんの事務所だもの。お父さんが言うのなら仕方ないわ。けれど、この家は別。この家を出ていくことは許さない。あなたは必ず、この家から会社に通うのよ」

この一点を条件に、母も津麦が商社で働くことを認めた。そんなこと。なんでもないと、津麦は思った。

入社が内定した数日後。母が「社会人になるのだから、きちんとした鞄を持ちなさい」と、津麦に買い与えたのがこの黒い革の鞄だ。母が涙を見せながらも就職を認めてくれた証《あかし》と、津麦が家を出て行かないという約束。その二つを象徴する鞄だった。

津麦が鞄を置けずに迷っていると、

「きちんとしなさい」

という母の声が聞こえた気がした。

ここでのきちんと、とは一体何を表すのだろう。知らない場所で、迷子になったような心細さを感じた。

いいや、これは仕事だ。お客様に失礼があってはいけない。床のゴミは見て見ぬふりをしよう。今は。あとで絶対に片づける。

津麦は自分の心をグッと奮い立たせて、鞄を置き、ポニーテールがヒュンと音がするほどの勢いで顔を上げ、仕事用の明るい声を出した。

「それでは、改めまして、本日はよろしくお願いいたします。永井津麦と申します」

「お願いします」

「ええっと、真子《まこ》さんですね。一番上のお姉ちゃんの」

「はい」

「本日、この後は、ご在宅いただけるでしょうか?」

「いる予定です」

淡々と話す真子に、相変わらず表情はない。

たしか事前の資料によると、中学二年生のはずだ。学校はないのだろうか。疑問が頭を掠めた。けれど、そこまで立ち入っている時間もない。今はこの部屋を片づけることを、なによりも優先したかった。でないと、淀《よど》んだ空気で呼吸困難になりそうだ。

「そうですか、それは助かります。初めてのおうちだと、道具の置き場所など、途中で確認したいことも出てきますので。では、本日はお掃除をご希望でしょうか？　ご依頼には、『掃除、料理、洗濯など』と記載されておりましたが」

「いいえ、今日お父さんから聞いてるのは、掃除ではなく、料理をお願いしたい、ということでした」

「お、りょうり⁉」

部屋の散らかりようから、九割がた「掃除を」と言われると予想していた津麦は、大きな声を出してしまった。

「はい。料理で、と聞いています。夕食を作ってほしいみたいです」

軽い目眩《めまい》がする。先ほどはリビングの洗濯物に気を取られていたが、左目の端でとらえた台所だって、とてもじゃないけれど、すぐに料理ができる様子ではなかった。

ダメだダメだ。冷静でいないと。これは仕事。

「分かりました。では、まず材料と調理器具を見せてください」

案内された台所は、想像していた以上だった。シンクは排水口がつまり、濁った水が張っている。そこには使った皿や鍋や炊飯器の内釜が無造作に置かれ、ふやけたごはんつぶや油が水に浮いている。

水切りカゴにのった食器は山積みで、少しでも触れれば崩れ落ちてきそうだ。わずかにのぞく白いはずの水受けトレーには、赤や黒のカビがこびりついている。

シンクの横の調理スペースは、幅四十センチほどしかない。そこに、六人分の麦茶やジュースが半分ほど入ったコップや、まだ中身が入ったままの水筒が並び、麦茶のパックやなぜか子どものおもちゃまでがギューギューに置いてある。台所の床にはタレのようなものが飛び散り、野菜カスが落ちている。

目眩が本格的になる。

母の管理する津麦の家の中は、いつだって片づいていた。綺麗すぎるほどだった。ものというものは、扉付きの備え付けの収納棚におさめられ、外に置きっぱなしのものなどなかった。床も窓ガラスもテレビも鏡も、磨き上げられていた。ベッドのシーツは毎日、ピシッと糊《のり》のきいた綺麗なものに張り替えられていたし、庭の草木は季節に合った彩りを見せた。

これまで、家事代行として訪れた家々も、津麦の家とどこか似ていたと思う。今しがた子どもが遊んだおもちゃが時々落ちていることはあっても、スッキリと片づけられている印象だった。これほど不衛生な場所を、津麦は生まれて初めて目にしたのだ。鼻の少し上のほうがヒクつき、眉間に皺《しわ》が寄るのを抑えられない。

「すみませんが、換気をしてもよろしいでしょうか」

「あ、はい」

真子は素直にベランダに続く窓を、カラカラと開けてくれた。澄んだ空気が入ってきたような気がして、少しだけ深く息ができるようになる。

「お料理をご依頼ということでしたが、まずは、洗い物をして、ここを片づけてから調理スタートにさせてください。このままでは、調理するスペースがありませんので」

「はぁ……」

それまで、無表情だった真子の瞳が、一瞬不安そうに揺れた。

「イメージが湧かないかな。洗い物とか片づけとか、普段、あまりしませんか?」

不安を取り除けるように、そしてできるだけ、責める口調にならないように、あえて軽い調子で津麦は聞いた。

「うん。そういうのは、子どもはしなくていいって。お父さんたちが言ってたから」

「そうなんですね。でも、安心してください。ちゃんと、片づけてからお料理に取りかかっても、時間内に夕食はでき上がります。お父さんにお願いされたことは、できますよ」

「分かりました」

真子は強張《こわば》らせていた肩をわずかに落とし、頷《うなず》いてくれた。

その様子を見て、はじめは部屋の状態にショックを受けていた津麦だが、だんだん怒りのような感情が湧いてくるのを感じた。こんな台所でどうやって料理しろというの。まな板を置く場所も、洗ったものを置く場所もない。いや、まず排水口が詰まっているし、食器を洗うことさえできない。しかも初回なのに、親は立ち合わず、要領を得ない子どもに説明を押しつけているって、どういうことなの。

それでも、今、その気持ちをぶつける先はない。津麦は、気持ちを落ち着かせようと、一度深呼吸をする。

「では、つぎに食材と調味料の確認をさせてください」

冷蔵庫は家族用の大きなものだった。こんな部屋だもの、冷蔵庫の中もひどい様子に違いないと、身構える。テレビでよく見る汚部屋の冷蔵庫のイメージが頭に浮かぶ。糸を引いたり、カビが生えた食材が出てくるのではないか。津麦は、おそるおそる冷蔵庫を開けた。


けれど、まず目に飛び込んできたのは——

美しい黄緑色だった。

それから、鮮やかな赤。

汚れた部屋や台所に対して、冷蔵庫の中の色合いはみずみずしく、輝いてさえ見えた。


いちばん手前に入っているのは、キャベツだった。そして、トマトだ。

買ってきたばかりの、新鮮な野菜だった。

奥には、にんじん、ごぼう、長ねぎ、大根、それからピーマン。

無造作な入れ方ではあるし、使いかけの野菜はラップもされず、そのまま放り込んであるが、傷んでいるものは一つも見当たらなかった。違う扉を開けると、卵やヨーグルト、ハム、豚肉、ひき肉、幼児の好きなキャラクターがパッケージに印刷されたパン、お米なども入っている。冷蔵庫の上を見ると、玉ねぎとじゃがいもが段ボールに入れて置かれている。

調味料は、と探してみると、冷蔵庫の中に味噌と醬油が、コンロ下の引き出しには、みりん、酢、酒、油など基本の調理に必要なものがおさめられていた。塩や砂糖や粉類は、大袋のままで封が閉じられていない状態だが、一番使いやすいコンロ横に並んでいる。

毎日使われている様子がある。

津麦は直感でそう感じた。

ということは、織野朔也は、もしくは子ども達の誰かは、毎日料理をする。

意外だった。

この家の中で、食材と調味料の置かれた場所だけがきちんと息をしているのだ。それがどういうことを意味するのか、津麦にはよく分からなかった。衛生があっての、料理、じゃあないの。でないと、お腹を壊す。

納得はいかないながらも、ひとまず料理ができそうなことに安堵《あんど》した。

「お料理に必要なものは、ありそうですね。また何か分からないことがあれば、お声かけさせていただきます」

「分かりました」

真子はほっとしたようにかすかに表情を緩め、玄関に向かって左手の部屋に入っていった。

水切りカゴに伏せてあった食器を棚にしまい、排水口をなんとか流れるようにする。洗い物をして、キッチン前のカウンターや、シンク横の調理スペースや、シンク、水切りカゴを片づけたら、それだけで一時間が経《た》っていた。

なんてこと。今日は二時間しか枠がないのに。あと一時間で何が作れるだろう。いつもなら、ビーフストロガノフとか酢豚とか、自分ではなかなか作らない、少し凝ったものを作るとお客様は喜んでくれた。けれど、今日はそんな時間はない。しかも六人分だ。

食材を思い返す。

冷蔵庫を開けてすぐに目に飛び込んできた、あのみずみずしいキャベツを使いたい。淀んだ空気で窒息しそうなこの部屋の中で、私はあのキャベツに救われたんだ。

手に持ってみると、葉は柔らかい。春キャベツだろう。生のまま使うのがいい。塩昆布と和《あ》え物にしようか。暑くなってきたから、酢のきいたトマトもそえよう。メインは、大根とごぼうに豚肉もあったから豚汁がいい。和え物や汁物と続いたから、ピーマンはひき肉とさっと炒め物にしよう。

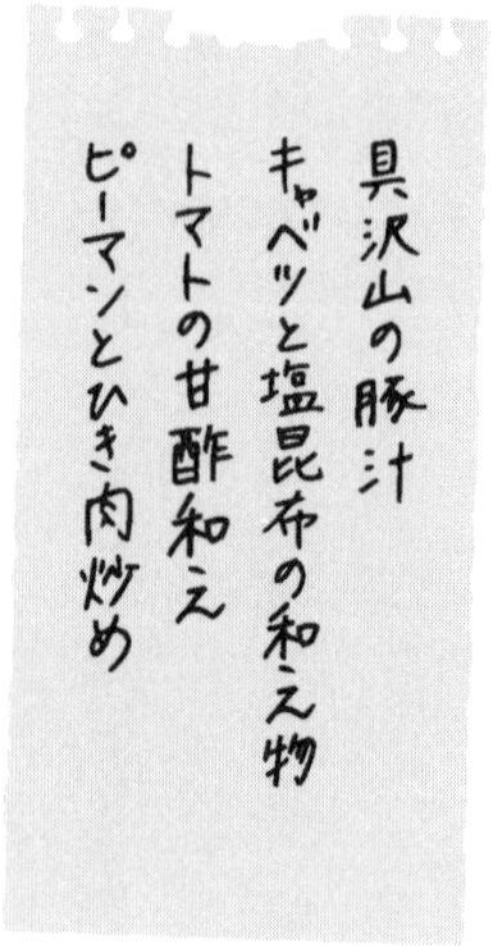

津麦は、手早くメモに書きつけて、調理を始めた。こうやって書いておいた方が、使う食材や作る順番を、頭の中で整理しやすい。

家族六人分は、材料の準備だけでひと仕事だ。

シンクの下を開けると、ボウルを三つ見つけた。下ごしらえに、ボウルがたくさんあるとありがたい。一つのボウルには水を張り、一つには甘酢を、もう一つには塩昆布とごま油を入れておく。ボウル二つは片づけたカウンターに並べる。それでもスペースが足りないので、もう一つはひとまず、コンロの上に置いておく。

キャベツは洗って、ザクザク切って、塩昆布のボウルの中へ。トマトも切ったら、甘酢のボウルへ。大根はいちょう切り、にんじんは半月切り、長ねぎはぶつ切り、ごぼうはささがき。それが、永井家流。野菜の切り方の名前って面白いな、なんて思いながらとにかく刻む。豚肉は最後に小さく切る。切るものはだいたいまとめてやってしまう。順番は生で使うものから先に、アクの強いものや肉類は最後。

トマトとキャベツはそれぞれのボウルの中で混ぜ合わせたら、和え物二品は完成。保存容器は見当たらないので、ボウルごとにラップをかけて、冷蔵庫へ。

ごぼうを水にさらしている間に、小鍋に湯をわかし、豚肉はさっと湯に通しておく。大きな鍋に顆粒だしとすべての野菜を入れ、冷たい水から火にかける。野菜をグツグツやっている横で、ピーマンを炒める。食感が残るくらい軽く炒めると、あとで温めなおしてもおいしく食べられる。皿に盛り、粗熱が取れたらラップをかけて冷蔵庫へ。

大鍋で煮ていた野菜が柔らかくなれば、湯通しした豚肉と味噌を加えてもうひと煮立ち。豚汁も完成だ。

料理も洗い物も終えて、改めて台所を眺める。やはり最初に確認したように、料理で使いたいものは手の届く範囲にあった。片づける前はゴミ溜《た》めのような台所だと思ったのに、料理を始めてみると使い勝手は悪くない。時刻は、十時五十七分。終了予定時刻の三分前だった。津麦は時間内に完成したことに、ほっと胸を撫《な》でおろした。

「お勉強中、すみません」

真子の部屋をノックしてドアを開けると、そこもリビングほどではないが、あらゆるものが床に散乱していた。洋服ばかりでなく、通学カバンや、鏡や、ジャージや、キャラクターのプリントされた透明なポーチなど中学生らしいものだった。わずかにスペースが確保された机の上で、真子は頭を垂れ、ノートに何か書き込んでいるようだ。

「はい」

手を止めて、こちらを振り返る。その顔を見て、津麦は思った。

若い子の瞳はなんて澄んでいるんだろう。こんな部屋にいても、そこだけあのキャベツみたいに輝いている。

「お料理終わりましたので、確認をお願いします」

二

「すっっごい、部屋だったんですよっ！」

唾が飛びそうな勢いで伝えると、電話口の安富《やすとみ》さんが、フッッフッッフッッと笑うのが聞こえた。英語のｆの発音の練習のように母音のない、独特な笑い声だ。

「そうかもしれませんね。織野様は、父子家庭になられて間もないのです。奥様が亡くなられて、行政の方がお家を訪ねていかれて、あまりに生活が荒んでいるということで……そこからうちの家事代行サービスを紹介されたようですよ」

安富さんは、派遣登録の時に面接をして、そのまま津麦の担当になった相談員だ。五十代半ばくらいの男性で、銀縁眼鏡をかけ、ふっくらとした体つき。笑い方は独特だけれど、口調は穏やかで、話を聞くのが上手い。相談員というよりは、いきつけの喫茶店のマスターのような雰囲気だ。普段は人と話す時に一歩距離をとってしまう津麦だが、安富さんとの間には不思議とそれがない。子どもの頃に戻ったみたいに無邪気になんでも話してしまう。

基本的に、派遣会社とのやりとりはアプリ上で行い、困ったことがあれば、担当の相談員に電話をするのがこの会社のルールだが、安富さんには些細なことで気安く電話をかけてしまう。家事代行は、たった一人でお客様の家に行く仕事ということもあり、他のスタッフを見て学ぶことができない。だから、自分が間違っていないか、いちいち確かめたくなる。お客様の家に行き始めてすぐの頃から、たびたび電話をかけてくる津麦の話を、安富さんはいつも丁寧に聞いてくれた。つい話しすぎてしまったと、電話を切ったあとに後悔するほどだ。

「お子さんは、十三歳の真子さん、十一歳の樹子《きこ》さん、九歳の慶吾《けいご》さん、五歳の昌《まさ》さん、二歳の凜《りん》さんですね」

五人も……と改めて思ったが、そんなことは言っちゃいけない。安富さんの前では、本音が滑り出てしまいそうになる。

「真子さんと樹子さんは、朔也様と前の奥様の子ども。慶吾さんは、奥様と前の旦那様の子ども。昌さんと凜さんは、再婚後の子どもです。奥様は、今年の冬に癌《がん》で亡くなられています」

津麦の考えていることはお見通しという感じで、安富さんが補足する。

「そうなんですね……。癌かぁ。闘病中も大変だったでしょうね。子育てと看病と仕事と。けど、奥さんが亡くなったのなら、五人も一人で育てられるわけないんだから、前の奥さんとか、前の旦那さんとかに何人か引き取ってもらえばいいのに」

「簡単におっしゃいますね」

「分かりますよ。親権争いとか、離婚の時にはいろいろあったんだろうって。今になって頼むとか難しいって。でも、あの部屋を見ちゃうと……。もう、生活が破綻しちゃってると思うんです。六人とも生きていく方が、大事じゃないのかな」

真子の不安そうに揺れた瞳と、その時覚えた怒りのような感情が蘇《よみがえ》り、いつの間にか津麦の語気は強くなっていた。そんな津麦の言葉を受け止めてから、安富さんは穏やかな声で言う。

「実際見てきた津麦さんがおっしゃるなら、そうなのかもしれません。けれど、私《わたくし》たち家事代行スタッフは、家庭のご事情に踏み入ることはできません。私たちができる範囲のことを、まず考えなければいけませんね」

正論だ。ぐうの音も出ない。安富さんはまだまだプロ意識の低い津麦に、それとなく厳しいことを伝える。

「ただ、もし何か行政の方に、申し伝えておくべき兆候があれば、すぐに教えてください。例えば、万が一ですが、虐待とか」

「虐待……。そんな可能性があるんですか」

「あくまで万が一です。そのようなことがあれば、報《しら》せるように言われています」

「うーん。まだその辺はよく分からないです。パパ本人にも会ってないですし。まぁ、中学生の子に家事代行の相手をさせるのはどうかと思います。ただ……」

津麦は、冷蔵庫のキャベツを思い出していた。

「料理はちゃんとしてる気がします」

「ほぉ」

「食材とか、調味料とか、とりあえず家事代行が来るから買ってきて用意しておいたものじゃなくて、ちゃんと毎日台所を使っている感じがありました」

「なるほど」

「でも、そこも理解できなくて。料理なんて、惣菜《そうざい》を買ってきたっていいわけじゃないですか？　まずは片づけとか、掃除が先なんじゃないのかな」

「津麦さんは、そう考えられるのですね」

「私、間違ってますか？」

「どうでしょうか」

安富さんは、ときどきこんな風に意地悪だ。答えをくれなくて、疑問のまま残すようなことをしてくる。大事なことだから、自分で考えろってことなんだろうな。そう思うことにしている。

あの時もそうだ。安富さんに初めて会った時。家事代行の面接の時。

安富さんは、前職の仕事内容や、家事の経験を一通り聞いた後、最後にこう言った。

――将来、なにかやりたいことはありますか。今やりたいことでもいいですし、昔からずっとやってみたかったこと、一度はやってみたかったことでもいいです。そういう夢みたいなものは、ありますか。

今思い返しても、おかしな質問だなと思う。こんな私に、「夢はありますか」だもの。新卒の就活生に聞くのならまだしも、二十八歳の派遣登録希望者に聞く質問には思えなかった。あるわけないじゃん。と、反発した気持ちさえ芽生えた。あんな風に安富さんに対して思ったのは、後にも先にもあの一度きりだ。

もしも、津麦が新卒の就活生の頃に問われたのだとしたら、「商社に入り、いつか自分にしかできない仕事をすること」と答えたんじゃないかと思う。でも結局、入ることは叶《かな》ったが、身体を壊した。社会復帰のために出向いた面接で、夢は、と聞かれるとは思っていなかった。何か家事代行に結びつくような夢を語らないと、面接に落ちるかもしれないと、頭では分かっていた。けれど、思ってもいないこじつけを、咄《とっ》嗟《さ》に口にはできない。そういう融通のきかなさは、自分自身が一番よく分かっていた。何も言葉を発さない津麦に、安富さんは、

——見つかるといいですね。

と言って、そこで面接は終了となった。眼鏡の奥の優しい目と、祈るような声が胸に残った。

最後の質問に答えられなかったので、数日は「不合格ではないか」と気を揉《も》んだが、合格の通知がきて、ほっとしたのだった。

もちろん、あの日の答えは、三か月経った今も、まだ見つかっていない。見つかる気もしない。安富さんに、見つかりましたよと、報告できる日はくるのだろうか。

「それで、どうされますか？　どんな現場にも、家事代行スタッフにも、合う合わないはあります。織野様のお宅が合わないようでしたら、他のスタッフと交代することもできますよ」

「それもありですよね。でも、うーん……」

津麦は唸《うな》りながら、考え込んでしまった。

わざわざあんな壮絶な現場を選んで行く理由はどこにもない、と思う。今までみたいに、清潔な、整理された場所で、家事に集中して仕事をすればいい。

けれど、あのキャベツと、真子の瞳が語りかけてくる。助けてくれと、言われているような気がする。

それに、あの部屋。

同じ世界のどこかに——いや、どこか、じゃない。同じ沿線で、毎日電車で前を通り過ぎるような場所に、あんなに不潔で息苦しい空間が存在していると思うと、身震いがする。

あの日、あとで絶対に片づける、と決めたのではなかったか。どうなったか、まだあの汚い部屋のままなのか。子ども達はどんな生活をしているのか。と、自分の想像に悩まされ続けるのは嫌だ。片づいて、まともな生活をしているところをこの目で見届けないと、気がおさまらない。

「いえ、もう少し、続けてみます。いろいろと、気になるので」

「分かりました。また、状況教えてくださいね」

スマホを机の上に置く。そうして、津麦は、切り終えたばかりの安富さんとの電話を思い返した。

安富さんは時々厳しいけれど、ゆっくり、話を最後まで聞いてくれる。その感じが心地よい。答えを出すまでに悩んでしまうことも、答えがその場で出ないことも、ある。けれど、どれだけ時間がかかっても大丈夫、という安心感がある。それは、幼い子が公園で遊ぶ時の感覚に、似ているのかもしれない。親が少し離れたところから見守ってくれているのを感じる。顔を上げれば、すぐに親は笑顔で手を振ってこたえてくれる。そんな風に信じて抱く安心感に似ているのではないか、と津麦は想像する。ただ、津麦には想像することしかできない。これまで、そんな安心感を自身の親から得たことはないのだから。

自分で立ち上げた税理士事務所にかかりきりで、父は津麦と遊んでくれたことなどなかった。津麦も暮らす三階建ての家は、一階が父の事務所、二階と三階が永井家の家族の居住空間だった。けれど、父は食事と寝る以外の大半の時間を、一階の事務所で過ごしていた。

そして母は――津麦は記憶を手繰《たぐ》り寄せる。

一番古い記憶の中で、母は、三階の洗面台の蛇口を一心に掃除していた。藤色のエプロンを身につけ、前髪を七対三に分け、額を出し、髪をひっ詰めて低い位置でお団子にしている。

幼い津麦は母の足元に座り込み、モデルのように手足の長い二体の人形を持ち、一人で二役の声色を使い分けながら遊んでいた。一体は娘で、一体はその子のママという設定だ。そして、津麦は思いついた。せっかくだから、お母さんに人形のママ役をやってもらいたい、と。

「おかあさん?」

「うん?」

「このお人形のママ、おかあさんにそっくりだと思うの」

子どもらしからぬ媚《こ》びた言い方だった。けれど、そう思ったのは確かだ。母は若くて、美しい。人形にも劣らないと、あの時の津麦は思っていた。母の方が顔色はいくぶん青白いけれど、そんなことは些細なことだった。

「あら、本当に?」

そう言いながら、母は津麦の方をチラとも見なかった。鏡越しにのぞいた母の目は、黒くくすんでいた。津麦は、事務所の応接室にある古い囲碁の道具を思い出した。近づくと側面に細く美しい木目が見える、分厚い一枚板の碁盤。その上に載せられた二つの漆黒の器。一方の蓋を開けると、黒い碁石が現れる。母の目はそれによく似ていた。あの手垢《てあか》でくすんだ黒い碁石。触れるとひんやり冷たい。

口元にも笑みはなく、話しかける前と少しも変わらぬ顔のまま、蛇口の継ぎ目にブラシを当て、擦《こす》り続けている。そんな母の表情に怯《ひる》みそうになるが、小さな津麦は勇気を振り絞って、上目遣いで聞いてみた。

「おかあさん、このママのお人形役をやってくれない？」

母に迷う素ぶりはなかった。

「そんなこと、できないわ。おかあさん、今忙しいから」

抑揚のない声。申し訳なさそうな色もない。

「ここをきちんと掃除しなきゃ。きちんと」

独り言を言うみたいに、呟いた。

「そっか……そうだよね、邪魔してごめんね」

津麦が謝ると、母は、

「いいのよ」

やはり目線も上げずに答えるのだった。母の手元にある、水道の蛇口に目をやる。銀色の蛇口は、鏡面のように磨き上げられている。ぐにゃりと歪んだ母がそこに映っている。幼心にも、これ以上何をどう掃除するというのだろうと思った。

母がこんな様子だったのは、何も蛇口を掃除する時だけではなかった。母はいつだって、何かに憑《つ》かれているように家事をしていた。

掃除機がけ、水回りの掃除、洋服の洗濯、朝夕の食事づくり、それだけが母の仕事ではなかった。毎日のように照明器具を磨き、床を雑巾で水拭きし、そのあとに乾拭きをし、窓ガラスも同じように拭き、テレビも鏡も、くすみ一つなく、くっきりと世界を映し出していた。駐車場や中庭の掃除、庭木の手入れまでも自ら行う。晴れた日には、家族全員の寝具、家中のカーテンを洗濯した。そして、事務所で働く父が、昼は二階の自宅に食べに上がってくるため、三食とも母が作り、その全てが和洋中、栄養のバランスがとれた非のうちどころのないものだった。

三階建ての家の中を、うつろな目で家事をしながら、歩き回っている母。その母の背中を、津麦はいつも食い入るように見つめていた。

——どうしたらおかあさんは、私のことを見てくれるんだろう。

本当は他愛もない出来事をただ、母に聞いてほしかった。たとえば、幼稚園へ行く途中のバス停で朝は咲いていたツユクサが、昼すぎに帰ってくると閉じていること。おやつのビスケットをかじったら、富士山みたいな形になったこと。幼稚園で先生が読んでくれた物語の主人公が、どんなにすごい冒険をしたのかということ。けれど、話しかけても、目も合わさずに静かに拒否される。津麦は他愛もない出来事を大切にし、感動することはやめなかった。が、それを母に話すことは諦めていった。二人の会話は少しずつ、なくなっていった。

——おかあさんは、悪魔に取り憑かれてるんだ。

幼い津麦は、自分の頭で必死に考えて、そう結論づけた。青白い顔に、うつろな目は、物語に出てくる悪い魔女みたいだった。けれど、愛する母が魔女であるはずはない。それなら、きっと悪魔が取り憑いているんだ。

——いつかおかあさんに取り憑いた悪魔を私が、やっつけてみせる。

ここまで思い出し、津麦ははたと気がついた。

ああ、そうか。

それが、幼き日の夢だったんだ。

きっと、当時見ていたアニメの影響だろう。とにかく母に取り憑いた悪魔をやっつけさえすれば、母の目には光が宿り、自分を見てくれるだろうと疑わなかった。何をどうすれば、やっつけられるのかなんてことまでは、考えなかったはずだ。それどころか、その悪魔が何者であるかさえ、よく分かっていなかった。

今思えばそれは、家事そのものだ。母が没頭していたのは、家事なのだから。

ハハハ、と小さく乾いた笑いが津麦の口から漏れた。意図せずつながっていたのか。子どもの頃の夢と、今の家事代行という仕事は。笑った後の口の中に、苦々しさが残った。

ごめんね、と思う。

純粋に夢見ていた頃の自分に、申し訳ないような気持ちになった。

家事代行になったのは、あの頃みたいにまじりけのない思いからではない。夢を真っすぐに追いかけて、行きついたわけでは決してない。もっと汚くて、どうしようもなくて、自分勝手な理由なのだ。

それにね、と津麦は、幼い日の自分に話しかけるように思う。

母の目に光が宿るのは、悪魔をやっつけた時じゃあ、なかったんだよ。だから、もっと自由に夢を見ればよかったんだよ、と。

小学校に通うようになって、津麦は徐々に気づいていった。例えばテストの結果を告げる時、進路の相談をする時。そんな時だけ、母は家事の手を止めて、津麦のことを正面から見るのだった。目には、かすかに光が宿っていた。

だから、津麦はその光を必死に追いかけた。母の瞳の光を追いかけ続けるうちに、津麦の将来なるべき職業は決まっていった。税理士になる。この家の一階にある事務所で働く。そしてゆくゆくは父の跡を継ぐ。そこに近づいた時だけ、母は津麦の目を見て褒めてくれるのだ。津麦は母の瞳に映る光を見ながら、母と自分は同じものを追いかけているのだ、と思った。それがどんなものよりも津麦を満たしてくれた。だから、部活にも入らず、勉強だけに邁進するようになった。悪魔をやっつけるという幼い日の夢は、勉強ばかりの日々の中で、薄れ、忘れ去られてしまった。

結局、その時、母と自分が瞳に映していたものは、似て非なるものだったのだ。だから、大学四年生の時、家が息苦しくなって、それまで見ていた世界の外側へ行きたくなったのだと思う。自由に海外にまで飛んで行くことを夢見て、商社に入社した。そして、倒れちゃったわけだけど。

自分の夢はどこまでも、中途半端だな。

天井を映したスマホの黒い画面を見つめながら、津麦は思った。

三

次に織野家を訪れたのは翌週の水曜日だった。

他の家に仕事に行っている間も、織野家のことばかり考えてしまっていた。思案したあげく、今回から時間は、午前中の枠から、十六時から十八時の枠に変更した。津麦としては、暗くなる時間帯に働くのは憂鬱だ。身体を社会に慣らしていくために仕事を始めたのに、リズムもなんだか狂ってしまう。けれど、前回のように学校のあるはずの子どもに、平日昼間に相手をさせるのも違うと思い、変えてもらったのだ。この時間であれば、小学生二人は学校を終えて帰宅しているだろうし、保育園のお迎えを終えた朔也とも、顔を合わせることができるはずだ。

今日、玄関の扉を開けてくれたのは、次女の樹子だった。真子と同じ目をしているが、肌は薄い小麦色に焼けて、黒い髪を頭の高い位置で二つに結んで垂らし、活発な印象だ。

「こんにちは！」

挨拶も明るい。

「はい、こんにちは。家事代行サービスの永井津麦と言います。よろしくね。樹子ちゃん、ですよね？」

「そうです！　よろしくお願いしますっ！」

「元気ですね。挨拶もしっかりできて、すごい」

「うん、わたし六年生だからね。今年は最高学年だから、みんなの見本になるように！　って先生に言われてるの」

樹子は、実に誇らしそうに言ってみせた。

「かっこいいですねぇ！　ところで、慶吾くんももう家にいますか？　一度挨拶しておきたくて」

「慶吾は、公園に遊びに行ってる。十七時《ごじ》には帰るよ」

「そうですか。では、また帰られたらご挨拶しますね」

「うん」

リビングに移動すると、やはり今日も、洗濯物の海が一面に広がっていた。津麦は長めの瞬きをしてから、樹子の方を向いて尋ねる。

「それでは、今日はパパから、何を頼んでおいてほしいとか、言われていますか？掃除とか、洗濯とか？」

あえて料理を選択肢から外して聞いてみた。津麦は、掃除掃除掃除と心で念じた。今日こそ、この洗濯物たちを片づけたい。

「料理って聞いてる。今日の晩ごはんだって」

「お料理、ですね。承知しました」

選択肢から外した甲斐《かい》のない答えだった。しかも見ると、前回片づけた台所は、見事に元に戻ってしまっていた。調理スペースはもので埋め尽くされ、排水口は詰まり、汚れた水が張っている。今日も片づけからだ。気合いを入れるしかない。

一通りの片づけを終えて、仕上げにステンレス製のシンクを洗っていると、慶吾が「ただいま」と帰ってきた。「おかえりなさい」と言って出ていくと、公園で水遊びでもしていたのか、頭の先から靴下までびしょ濡れだった。顔を隠すように垂れた毛先から、水が滴《したた》っている。

「あららら」

津麦は慌ててリビングに戻り、タオルを探そうとした。しかし、あの服の海のうち、いったいどこにタオルがあるのか、あってもどれが清潔なタオルなのか、見当もつかずに立ち尽くしてしまった。一方、慶吾本人はいたって冷静だ。津麦の顔を一瞬ジッと見たが、何も言葉は発さなかった。床に広がる洗濯物の海を見渡し、一番上にある洋服をつまんで、においを嗅ぐ。そうして、玄関に向かって右側の部屋へ入り、着替えて出てくる。脱いだものは父親から言われているのか、すぐに脱衣所に持っていっていた。慣れているな、と思う。この家での生活に慣れている。大人の自分の方が、おどおどしてしまって、いけない。

樹子は、真子と共同部屋らしく玄関に向かって左の部屋にいる様子で、慶吾はリビングで洗濯物の上に座り、テレビを見始めた。

皆が落ち着いたところで、津麦はようやく冷蔵庫を開けた。今日は、キャベツが半玉と、カボチャ、ブロッコリー、ニンニクが入っていた。あとは、鶏もも肉が三枚。冷蔵庫の上に玉ねぎと、戸棚の中にトマト缶も見つけたので、今日のメニューは洋食にしよう。

鶏肉とキャベツのトマトカレー
カボチャサラダ
ブロッコリーのバター醬油炒め
オニオンスープ

カレーは、コトコト煮込む時間が必要だ。まず一番に、取りかかる。

フライパンに油をひき、みじん切りにしたニンニクを入れる。香りが立ったら、一口大に切った鶏肉を入れ、焼き付ける。ここでは触りすぎず、じっくり待つ。ジュウーッと肉が焼け、時々脂がパチパチとはねる音がする。皮目にこんがり色がつく。食欲をそそる香りが、部屋いっぱいに広がった。

と、慶吾がちらりと台所を振り返るのが目に入った。お腹すいたよね。急がないと、と津麦は思う。

肉を器に取り出し、フライパンは洗わずに薄切りした玉ねぎ、ざく切りしたキャベツをしんなりするまで炒める。肉を戻し入れ、コンソメ、トマト缶、水を加え、煮立ったら弱火にして煮込む。

この間にカボチャサラダを作る。カボチャは切って、ラップをかけ、レンジで加熱する。キュウリはスライスし、塩もみしておく。カボチャをフォークでつぶして、粗熱がとれるまで待つ。

カレーの具材はしばらく煮込んだ後、味付けに、甘口のカレールウと、ケチャップ、ソースを加える。小皿にとって、味見をする。肉の旨《うま》みとキャベツの甘みが舌にじわりと広がっていく。おいしい。ただ、トマトの酸味がやや利いている。少し酸っぱすぎるかな、と砂糖を足す。もう一度味をみると、角がとれ、ぐっとまろやかで食べやすい味になった。

奥のコンロでトマトカレーを最後にもうひと煮立ちさせ、右のコンロでブロッコリーを茹《ゆ》でつつ、左のコンロでスープ用に薄切りにした玉ねぎを炒めていると、扉の開く音がした。廊下の先がにわかに騒がしくなる。朔也たちが帰ってきたのだろう。ブロッコリーはザルにあげ、全ての火を一旦止めて、玄関に向かう。

片手で自転車用のヘルメットを外しながら、もう一方の手で女の子を抱えた大男と、男の子が一人、そこに立っていた。

「あぁ。そうか」

男は津麦を見て、思い出したように言う。

「お世話になります。織野朔也です。こっちは凜で、こっちが昌」

朔也は、四十代半ばくらいだろうか。足元を見るとニッカポッカを穿《は》いていて、やはり職業は建設関係のようだ。背が高く、長い腕には筋肉がうっすら浮かぶ。ヘルメットを外したばかりの頭には、白髪が混じり、髪は天然のパーマのようで無造作にくるくると広がっている。後ろから見たら、なかなかスラリと格好が良さそうだが、正面から目を合わすと、目の下には大きなクマがあり、眉間には深い皺が刻まれ、いかにも人相が悪い。凜を抱えるように抱っこしているが、人さらいと間違われなかっただろうか。

昌は恥ずかしいのか、朔也の後ろにさっと身を隠した。凜はおかっぱの女の子。他の姉兄もまだ子どもだと思っていたけれど、二歳の彼女はより一層小さく見えた。それでも、パワフルだ。手足を振り回して暴れて床におろされると、津麦をじーっと見上げて言う。

「だあれ？　だあれ？」

瞳を輝かせ、頭を傾ける仕草は、無邪気でとても可愛《かわい》らしい。

「この間、お料理を作ってくれた人だよ」

「申し遅れました。家事代行サービスの永井津麦と申します。お会いするのは初めてですね。よろしくお願いいたします。今週から毎週水曜日の十六時にお伺いします」

「どうも、ご丁寧に」

「よろしくおねがいしましゅ！」

凛はニコッと笑い、舌足らずの声で元気に言って、リビングへ駆けていった。昌はいつまでも、朔也のニッカポッカをギュッと摑《つか》んで放そうとはしなかった。

津麦が挨拶を終えて、料理に戻ろうとすると、朔也が言った。

「ありがとうございます。台所、すごく綺麗にしてもらって。後は俺がやるんで、大丈夫です」

「え？」

津麦は何を言われたのか、すぐには理解できなかった。

「パパぁー、くちゅしたぬげないよー！」

凜が、呼ぶ。

「あ、では、お料理はおまかせして、子どもさん達のお世話に回った方がいいでしょうか？」

「いや、あんた。じゃない。えぇっと……カジダイさんは、子どもを風呂に入れたりはできないですよね？」

カジダイさんって私のことか、それとも会社の家事代行スタッフ全体のことか、と思いつつ話を続ける。

「そうですね、入浴は家事代行のメニューにはありません」

「ですよね。だから、俺ももう帰ってきたし、あとは全部できますってこと。いつも一人でやってるんで。もう帰ってもらって大丈夫です」

予想外のことを言われて、なんと返せばいいのかと戸惑う。約束の終了時刻の十八時までには、まだ三十分以上もある。カボチャはつぶしっぱなし、ブロッコリーは茹でっぱなし、玉ねぎは炒めっぱなしで、完成していない。ここですぐに、はいそうですか、と帰るわけにはいかないと食い下がった。

「いえ、そういうわけにはいきません。お料理も途中ですし、私も仕事ですので」

「パぁパーー！」

「ちょっと待ってって！　パパ今、話してるから！」

朔也は叫ぶ。

「パパ、私が凜ちゃんみるよ。凜ちゃーん、どうしたの？　靴下ぬぐー？」

樹子が、部屋から出てくる。

「樹子、わりぃな！」

言って、朔也が視線を津麦に戻す。目の下のクマが、どんより暗い。心底疲れたという様子で、朔也は台所横の壁に手をつき、口を開く。

「はぁ。本当にいいんですけどねぇ。うちはもともと、家事代行なんて、そんな贅沢《ぜいたく》なもの、頼む気はなかったんですよ。俺一人でできるから。妻の入院中にも、一人でやってましたから！　でも、役所の人が入れろって言うんだよ。だから、仕方なく週一で頼んでるんです」

一人でできていないでしょう。こんな部屋に住んでいてよくそんなこと言えますね、とはお客様相手に言えない。洗濯物が重なり、ものも散乱した状態で、この人は満足しているのだろうか。津麦には理解ができなかった。

「もしかして、前回の訪問時、何か不手際やお気に障ることなどありましたでしょうか？」

「いや、問題ない。料理はうまかった。子ども達も、こんなおいしいもの初めて食べた！　なんて言ってた。妻が入院して以来、ずっと俺が作ったチャーハンばっかり食べてたからな。けど……」

朔也はチラリと台所の方を見た。

「何かありましたか？」

「……いや、なんでもない」

「遠慮せずにおっしゃってください」

「いいんだ。とにかく、今日は帰ってくれ。これから飯に、風呂に、寝かしつけに、一日で一番忙しい時間なんだ」

津麦はポカンとしている間に、鞄を押しつけられ、玄関の外に追いやられていた。

四

「そんなことが……大変でしたね」

電話口の安富さんは、同情するような声で言う。

昨日の織野家からの帰り道、津麦は怒っていた。きちんと訪問時間の枠をとって報せていたのに、蔑《ないがし》ろにされた。どこにでも嫌な人はいるものだ、と思ったりもした。けれど時間が経つにつれ、自分自身にも非があったのではないか、とも思い始めていた。朔也が何か言いかけてやめたことが、引っかかっている。

「あー、もう。私、何やっちゃったんでしょう。追い出されるような、ひどいこと。なんにも思い当たることなんてない気もするし、あれもこれも思い当たる気もするんですよ」

「思い当たる、とは。たとえばどんな？」

「作った料理の品数が織野様が思ったのより少なかったのかなとか、味付けが口に合わなかったのかなとか、台所の片づけ方が気に食わなかったのかなとか。無限に考えちゃいます」

それに、交代するなら自分から言い出すのだと思って疑わなかった。なのに、朔也の方から、お前はもういらないと追い出されるとは。津麦の小さな自尊心は傷ついていた。自分の代わりには、どんな家事代行が担当するんだろう。この道何年というベテランの人だろうか。その人なら、あの台所をどのくらい手早く片づけて、どのくらいたくさんの料理を作れるんだろう。想像で作りあげた相手と自分を比べて、暗い気分になってしまう。

「ですが、織野様から交代のご依頼はきておりませんよ」

安富さんは津麦が一番聞きたかったことを、するりと言ってみせた。やはり、彼は電話の相手の心が見えているんじゃないかと思う。

「うーん。じゃあ、『もともと家事代行なんて頼む気はなかった』っていう、あれが本音なんですかね。私のせいじゃないのは安心したけど」

呟くように言ったそばから、津麦は自分の言葉を否定するように首を振った。

「いいや。そうだとしても、結局はあの人が『家事代行最高じゃん！　俺今まで間違ってたわ！』って、考えが変わるほどのパフォーマンスを、私が二時間でできなかったってことでしょう？　どっちにしても落ち込むなぁ」

目の前の机に突っ伏しながら言う。

「津麦さん。私たちがご提供しているのは、家事です」

安富さんは、小さな子に言い聞かせるみたいに言う。

「はい」

津麦は、素直に頷く。

「家事は、積み重ねですよ。一つ一つは本当に、地味な作業です。コップを洗うとか、玉ねぎの皮をむくとか、そういう」

「地味ですねぇ」

分かっていたことだ。この仕事を始めるずっと前から、分かっていた。けれど、安富さんに言われると、本当にその通りだとしみじみ感じてしまう。

あれは高校生の頃。部屋には、分厚い絨毯が敷かれていた。冬だったのかもしれない。そうだ、その日は十二月の期末テストの最終日だった。部活にも入らず、普段は自室で勉強ばかりしている津麦だったが、その日はテストが終わった解放感もあって、いつもよりゆっくりと、リビングで紅茶を飲んでいた。手にはテストが終わったら読もうと楽しみにしていた、好きな作家の文庫本があった。

「あら。そんなところでダラダラしていないで、きちんとしなさい。暇なんだったら、掃除機くらいかけてちょうだい」

二階から降りてきた母は、大蛇のように大きく存在感のある掃除機を持っていた。当時流行していた、強力な吸引力のサイクロン掃除機だ。相当な重さだったはずだが、母はなんでもないように身体の中心をピシリと伸ばしたまま、それを持ち上げている。母の目は真っすぐに津麦を見ていた。

「えっ？」

普段うつろな目をして、めったに津麦と視線を合わせない母が、自分の方を見ていることにまず何よりも驚いた。それに、母からそんな言葉を言われたのは初めてだった。意味を理解するのが、追い付かない。

「掃除機よ、ほら。これでかけてみなさい。コードはテレビの裏にあるコンセントに繋《つな》いで。それでも長さが足りなくなるから、次はこっちのキッチンの方に繋ぐのよ。

和室や階段の脇にもあるから。私は洗濯物を取り込まなくちゃいけないから、三階にいるわね。頼んだわよ」

指示して去っていく母の後ろ姿を見送る。テスト続きの疲れた身体をゆっくりと起こし、読み始めたばかりの文庫本、飲みかけの紅茶に視線を移す。それら全てを合わせたところで、母の言葉に背き、津麦をその場に留《とど》めておかせるほどの力はないのだと、津麦は自覚していた。

普段自分のことをほとんど見ない母が、自分にかけてくれた言葉。それがどんなに厳しいものでも、大切に布に包んでポケットの中に入れて、時々取り出しては、何度も眺めてしまう。それが津麦の日常だった。幼いときから、ずっとそうして生きてきたのだ。母に見てほしい。褒めてほしい。認めてほしい。高校生という年頃にしては、幼すぎる思いを持ったままになってしまったのは、母が家事に没頭し、津麦との間に親子らしい会話があまりにも少なかったせいだろう。

母が津麦に、家事をするよう初めて指示した。それは、この家の中で大きな変化だった。津麦は、家事は母のテリトリーだと思っていた。決して踏み入ってはいけない場所だ、と。

その場所に入ることを許された高揚感にあおられ、無我夢中で掃除機をかけた。重くて慣れない掃除機を、息を荒くしながら引きずり回す。コードに何度も絡まりながら、なんとか二階のすべてに掃除機をかけ終えた。

「終わったよ」

と声をかけると、三階で洗濯物をたたんでいた母は手を止めて、最初に津麦がいたリビングの絨毯の前までやってきた。

「まあ。これは……」

母は驚いたように、息をのむ。

「どう、かな?」

「ひどすぎる。話にならないわね」

「そんな……」

津麦は、泣きそうになった。褒めてくれるのではないか、と思っていた。得意の勉強ではない。でも、あれだけの重労働をしたのだ。褒められて当然だ、とさえ思っていた。

「何がダメなの」

「何がって、見てご覧なさい。この絨毯、掃除機をかけた跡がついているでしょう。こんなグネグネとかけるんじゃないの。みっともない」

「でも、重いし、すぐコードが絡まるんだもの」

「仕方ないわね」

母は津麦の手にしていた掃除機を、受け取った。掃除機の本体とノズルを、自分の身体と平行に持って言う。

「まず、掃除機をかける向きに体勢を整えて。コードはきちんと伸ばしてから。進みたい先にコードや邪魔なものがないか注意して見て。それからかけ始めるのよ。なんとなくすぐにスイッチを押しては、ダメ。見てなさい」

母はコードからヘッドまでが一直線になるように体勢を整えて、絨毯に掃除機をかけ始めた。

「こうやって、同じ場所で、押して、引いて。二度かけるイメージよ。押す時よりも、引く時に、掃除機はゴミを吸い取るからね。津麦みたいにグネグネかけてると、どこを押してどこを引いてかけたか、分からなくなるでしょう。ゆっくり、真っすぐにかけるのよ」

母が掃除機をかけた部分の絨毯は、定規で線を引いたように平行に、整った縞模様《しまもよう》を描いた。

その後、母は津麦の勉強の合間を見て、掃除だけでなく、料理、洗濯などあらゆる家事を教えた。

津麦は母に教えてもらうことが楽しく、褒めてもらえるように丁寧に技術を磨いていった。大学生になれば、料理教室にも通い、レパートリーを増やした。だが、だんだん手際が良くなってくると、母は「じゃあ頼んだわよ」と、また目を見ずに指示だけ出して、どこかで別の家事を始めるようになってしまった。

慣れてくると、一人で行う家事は、地味で単調な作業だった。母がなぜこんなものに没頭するのか、津麦には分からなかった。津麦も地味な作業自体は、嫌いではない。勉強だって、一人でするときは地味だ。それでも、テストや入試という場で成果を披露する機会がある。良い点数をとったり、合格すれば、褒めてもらえる。

けれど、家事は。

誰に褒められることも、感謝されることもない。終わって母に見せても、「あぁ、そう」と言うだけだった。何も文句を言わないのだから、悪い出来ではないのだろう。けれど、何も言ってくれなくなってしまったことが、津麦は不満だった。何をやりがいに家事をしたらいいのか、分からなくなってしまった。

もう止めてしまおうか、とも思った。もう嫌だ、お母さんが見てくれないのなら、家事なんてやりたくない。と母に言ってしまおうか。だけど、それではあまりにも子どもじみている。母に本気で見放されるのではないかと、怖くて言うことができなかった。それに、少ない母との接点を自ら放り出してしまうことなど、どうしたってあの頃の津麦にはできなかったのだ。大学卒業まで、言われるがままに家事をした。商社に入るとすぐに忙しくなって、家事はパタリとしなくなってしまった。

忙しくなって、か。

商社で働いていた頃、自分は果たして、毎日、部屋を清潔に保ち、食事をふるまってくれた母を一度でもちゃんと見たのだろうか。そして、感謝したことなどあっただろうか……。

後悔が一瞬、津麦の頭をよぎった時、安富さんの言葉が再び、津麦を電話口へと引き戻した。

「地味なんです、家事は。たった一度で、人の価値観を変えてしまうような、そんな劇的なものではないのだと思いますよ。焦っても仕方ありません」

劇的なものではない……か。津麦は首をかしげる。

「安富さんはなんでこの仕事を続けていられるんですか？　地味なのに」

「地味だからじゃないですか。私が派手な仕事をしているように見えますか？」

「うーん、見えない。かな」

「そうでしょう。どんなにはた目には派手で、気楽で、美しく見えても、その地味な家事がないと生活は立ちゆきません。生活は、誰に見せるためでもなく、営んでいくものです。その生活をどう営んでいくかによって、人は生きやすくも、生きにくくもなるんですよ」

「そういうものですかねぇ」

津麦には、あまりピンとこなかった。「料理」とか、「掃除」とか、家事の一つ一つ具体的なことなら実行できても、「生活」というのはなんだかふわふわと靄《もや》をまとった存在だった。すぐそこにあって摑めそうなのに、摑めない。

「その手助けができるのですから、私はこの仕事、気に入っていますよ」

分からないままの津麦を煙《けむ》に巻くように、安富さんのfの笑い声が聞こえる。

「とはいえ、ひとまず。ケンカ別れのような形になってしまった以上、再調整が必要です。織野様にお電話して、訪問継続でよいか、念のため確認を行ってください」

急に事務的になった安富さんの言葉に、ピリリッと津麦の気持ちは引き締まった。

五

「はい」

電話に出た朔也の後ろは今日は、静かだった。仕事場から少し、離れたところにいるのだろうか。

「家事代行サービスの永井です。次回の訪問は、明後日の予定ですが、予定通り伺ってもよろしいでしょうか?」

「あ?　あぁ、予定通りでいいっすよ」

前回よりは落ち着いた返事に、津麦はほっと胸を撫でおろした。けれどそれも束《つか》の間、少し困ったような口調で、朔也が言った。

「じゃ、もう切ってもいいですか」

「えっ。そうは言われましても、前回、あんな風に途中で帰されてしまいましたので、お時間や作業内容のご相談もいたしたく……」

「あぁ、もう！　とにかく今は忙しいから。その話は次の水曜日に、家で聞きますよ。それでいいでしょ」

「なっ……」

言いかけて津麦は口をつぐんだ。前回追い返された時の朔也の最後の台詞を思い出す。夕方は一日で一番忙しい時間と言ったのではなかったか。水曜日に、話す時間はちゃんと取ってくれるのか。とはいえ、電話でもケンカしたとなっては、安富さんにとても報告できない。仕事なのだから、さすがに大人になりなさい、と言われてしまうだろう。

反論を呑み込んで、「分かりました。では、明後日の十六時に」と言って電話を切った。

その日、出迎えてくれたのは慶吾だった。前回は濡れていたが、今日の髪はさらりとしていた。坊ちゃん刈りがそのまま伸びてしまったような形をしている。髪型のせいか、一番上の真子に似ているように思う。慶吾は、津麦を見て申し訳なさそうに言った。

「すみません。今日は何もしなくていいって、パパが……」

「え？　家事はしなくていいってことですか？」

「はい。パパが帰るまで、待っててって」

呆《あき》れた。電話している時にも朔也のイライラしている様子は伝わったが、私の何が嫌なのだろう。よほど電話が嫌だったのか。その仕返しなのだろうか。もういい大人なのに、と思ってしまう。自分も人のことを言えるほどでは、ないのだが。

「そう。分かりました。今日は、お掃除もお料理もしません。その代わり……」

津麦は、一呼吸おいてリビングを眺め、続いて慶吾と真っすぐ目を合わせた。

「慶吾くん、私と一緒に遊んでくれませんか？　なんにもしないでパパの帰りを待ってるなんて、暇すぎて私、眠っちゃうよー。そしたら、帰ってきたパパに怒られちゃうかもしれない」

津麦は、わざと自分の二の腕を抱え、震えるような仕草をした。

「お願い！　私を助けると思って、付き合ってください！　今日は家にいるんでしょ？　遊ぶのはいいんじゃない？　何もしてない、になると思うの。樹子ちゃんもいるなら一緒に誘って遊ぼ。ね？」

畳みかけるように話した津麦に、慶吾は一度だけコクンと頷いて、部屋にいる樹子を呼びに行った。

せっかくの空いた時間だ。以前から、この家で暮らしている子ども達の様子も、気になっていた。安富さんから「虐待の兆候は」と聞かれたことも、津麦の胸をざわつかせている。朔也が帰ってくるまでは、子ども達と遊びながら、話してみることにしよう。

「わーい、遊ぼう遊ぼう！」

そう言って、樹子はトランプや、樽《たる》に短剣を刺すおもちゃなど、いくつかのテーブルゲームを抱えて、慶吾と共にリビングに現れた。津麦は改めて、リビングを見回す。一回目と二回目の訪問では、結局台所にかかりきりで、リビングを片づける時間などなかった。ここで過ごすのは今日が初めてだ。

遊ぶと言っても一体どこで、と洗濯物の海に目を凝らす。沈みかけてはいるが、家族が食事をとっていると思われる座卓を見つけた。津麦は二の腕に力を込め、洗濯物をかき分けて細い道をつくり、つま先立ちで座卓へと近づいてみる。そこには朝食のシリアルの食べ残しが入ったままの器がいくつも置かれ、あとはティッシュの箱や、わら半紙のプリント、レシート、よく分からない薬が散らばり、やはりこの上にも洗濯物がたくさんのせられていた。とてもじゃないが、すぐにテーブルゲームができるような状態ではない。

何もするなと言われたけれど、食器はそのままシンクへ持っていった。そして、プリントや小物などはまとめて部屋の隅に置き、洗濯物は床の壁際に寄せておいた。最後に、座卓の上を布巾で拭き上げる。本当は大掃除してしまいたい衝動を堪えて、最低限の作業だけを。これで三人が遊ぶスペースくらいはできるだろう。

広くスッキリとした座卓を見て、樹子は満足そうに頷くと、トランプを上に置き、

「七並べをしよう！」

と言う。

「トランプなんて、よく見つかったね」

と慶吾。

「うん、久しぶりだよね〜、トランプ。ずっと引き出しにしまってた」

樹子は、カードを上手に切りながら、ケラケラと笑って答えた。

「前はさ、お休みの雨の日には、どこにも行けないからって言って、一日中、家の中でだらだらしてたじゃん。床はこんなじゃなくて、もっと広くてさ。寝転がり放題で」

まだたった十一歳の樹子が、すごく昔を懐かしむみたいな目をして言う。

「ママは家事や昌と凜の世話をしているときもあったけど、一緒にだらだらしてるパパは、トランプしよって誘ったら『しょーがねぇなぁ、一回だけ』って言いながらやってくれて。でも、パパ負けず嫌いだからさ。負けたら火がついちゃうみたいで、結局何回も何回もやってくれるんだよね。白熱して楽しかったなぁ。雨でどこにも行けなくても、あの時間が大好きだった。遊びにきた友達ともやったりしてたよ。うちは贅沢できないし、ゲーム機なんてないからさ。友達と遊ぶとしたら、これ。家がこんなになってからは、やる場所もないし、しまいっぱなしだったけど」

「最近もパパと遊んだりする？」

配られたカードから七を探しながら、津麦が聞く。樹子は手持ちのトランプを並べ替えながら、まさか！　と大袈裟《おおげさ》なしかめっ面を作って見せる。

「一緒に遊ぶ時間なんて、全然ないの。ずーっと忙しく歩き回ってるか、ぐっすり寝込んでるかどっちかだよ」

「家の中で、こんな風に誰かとゆっくり話すのも、久しぶりな気がするな」

少しずつ慣れてきたのか、無口だった慶吾が自分から話してくれる。

「だね。津麦さんに感謝〜。じゃあ、ダイヤの七持ってたから私からね」

樹子はサクッと笑う。聞いているだけでも切なくなるような話をしているのに、この子はどこまでも明るい。その声に救われてしまう。

「どうぞ〜。私は、ただ一緒に遊んでるだけだよ」

津麦は笑顔でこたえた。

しばらく、座卓の上のカードを見ていた慶吾が顔を上げる。前髪の隙間から、じっと津麦の目を見つめて言った。

「遊んではくれなくなっちゃったけど、パパはすごく優しいです。優しすぎるくらい。僕たちには、家事も、昌や凜の世話も、やらなくていいって言うんです。全部パパがやるから、お前たちは外で思いっきり遊んでこいって」

朔也をかばうような口ぶりだ。

前回、びしょ濡れで帰ってきた慶吾の様子を思い出す。今、話をしている感じだと、慶吾は九歳の子にしては大人びて落ち着いている。公園で濡れて帰ってくるほど、やんちゃなようには思えない。ひょっとして、と津麦の勘が働く。そんな風に言う朔也を安心させたくて、慶吾はわざと外で、汚して帰ってきているのかもしれない。慶吾と朔也は、子ども達の中で唯一、血の繋がりがない親子なのだ。子どもなりに、気を使っているのだろうか。

「樹子ちゃんや真子ちゃんにも、パパはそう言うの？」

「うん、同じ。勉強と遊びだけやってればいいって。ほんとに困った時だけしか、手伝わせてくれないの。思いっきり遊んだ後だって、家の手伝いくらいできるのにね」

樹子は、口を尖《とが》らせながら言った。そして、手札を見ながら、ゆっくり真剣な顔に戻る。

「でも、きっとそれが、ママとパパが決めた家庭のホーシン？　だったんだろうね」

樹子は言いながら、スペードの九を出す。

「方針？」

「死んじゃったママはちゃんっとした人だったんだよ。家事も、育児も、パートまでやってて。ニュースとかにも敏感で、子どもが子どもを世話するような話も聞くじゃん。そんなことはおかしいって言ってた。だから、私たちは昌や凜の世話は、ほとんどしたことないの。

でも、お金もないから、ママもパートで働きながらパパと二人で五人育てて、何もかも子どもを優先してくれてた。自分のことなんて、ぜーんぶ後回しにしてたんだよ。身体がしんどくても無理して、病院にも行かなかった。それで、病気に気づくのが遅くなって、あっという間に死んじゃったんだよね」

「……つらいね」

頑張って、ちゃんとして、子ども達を優先して。そうしたら、もっともっと報われたっていいはずじゃないか。その結果がこれなのか。やりきれない。胸が重く、苦しくなる。

見ると、慶吾は唇を噛《か》んで、樹子の話を聞いていた。その慶吾が口を開く。

「ときどきね、ただいまって帰ってきたら、ママがおかえりって言ってくれる夢をみるんです。僕がびしょ濡れで立ってたら、柔らかいタオルで頭を拭いてくれる夢。起きたら、やっぱりママは死んじゃってるんだけど」

慶吾は一度、深く息を吸う。

「起きたら、ママがいなくなっただけじゃなくて、家中のあたたかかったものがどこかに消えちゃったみたいなんです。おかえりも、ふわふわのタオルも、全部。誰もおかえりって言ってくれなくなっちゃったし、タオルも洗濯物も床に散らばってるし」

慶吾が、津麦の目を見る。慶吾の瞳は潤みを帯びている。そして、はにかむように形を変えた。

「だから、この間、津麦さんがおかえりって言ってくれた時は、嬉《うれ》しかったなぁ。あの時は、うまく返事できなくてごめんなさい。久しぶりに言われたって、ジンとしました」

津麦は言葉に詰まった。

「う、ううん……」

あの日、洗濯物の中から淡々と着替えの服を選ぶ慶吾を見て、慶吾はもうこの日常や、洗濯物で溢《あふ》れかえる家の光景に慣れているのだと思った。慣れて、何も感じなくなってしまったのではないかと思っていた。けれど、感情を見せないようにしていただけだった。

かつての自分もそうだった、と津麦は思う。家事に明け暮れる母が、自分のことを見てくれなくても、我慢して、自分で自分の心を納得させた。感情が外に出ていかないように、閉じていった。必死だった。もしかしたら、外からは何も感じていない子に見えたかもしれない。ただの勉強好きの優等生に見えたかもしれない。だけど、その感情は消えたわけではなくて、大人になった今でも、津麦の心の中にずっとある。

「こちらこそごめんね。タオル、持っていってあげられなくて」

涙が目を覆うのを感じた。と同時に、奥歯を強く噛んだ。つらい子ども達をおいて、大人の自分が泣くわけにはいかなかった。こうやって、話してくれるようになったことが、嬉しい。だからこそ、気を使わせるわけにはいかない。

「こんな家だもん、仕方ないよ」

樹子がうんうんと頷きながら、フォローしてくれる。

「それでね」

慶吾はぼそりと言う。

「樹子姉ちゃんもそうだと思うけど、僕はパパには死んでほしくないんです」

子どもの口から出てきた「死んでほしくない」という強い言葉に、津麦の心は緊張する。

「今のままだと、パパもママみたいに死んじゃいそうで。二人でも大変だったのに、一人で全部頑張りすぎてるから」

樹子が言う。

「たしかに。今のパパはできるだけ、一人で全部ちゃんとしようとしてるよね。毎日ヘトヘト、寝る時にはエネルギーはゼロじゃなくて、もうマイナスって感じ。もっと頼ってほしいのにな」

樹子は少し言葉を選びながら、続ける。

「でもね。今、パパは家事をして、なんとかパパでいられてるんだと思う。ママが死んじゃっても悲しんだり、へこたれたりしないのは、家事を忙しくやってるからなのかなって思うの。だから、勝手に片づけたりしたら、パパが悲しむんじゃないかって思って、できないんだ。きっと、お姉ちゃんも。それから、慶吾も？」

と聞きながら、樹子が慶吾の顔をのぞき込む。

「うん。本当は何かしたいんだけど、何をどうしたらいいのか……分からないんだよね」

慶吾は言った。

織野家のママはちゃんとした人だったと聞いて、津麦は、きちんとしなさいと言い続ける母を思い出していた。洗面台の蛇口を一心に掃除している母。家中を磨き上げる母。

織野家のママはママなりに、そして母は母なりに、自分ができる精一杯で家事をやっていたのかな、と二人を重ね合わせる。どこまでも自分の中の完璧な母親を目指して、ちゃんとして。きちんとして。そうやって自らの首を絞め、二人とも限度を超えてしまったのかもしれない。一人は病気になり、一人は子どもの顔も見なくなった。

ママの背中を見てきた子ども達は、一体何を思うのだろう。自分のせいかもしれない、と後悔するのだろうか。あの時自分が行動していれば、と自分を責めるのかもしれない。

もっと傍《そば》にいてほしかった気持ちの方は、見ないふりをして。

もっと自分にも何かできたはずだ、パパにはそうなってほしくない、と願って。

泳ぎ出そうとしているのかな、と思う。ママがいなくなったこの織野家の海の中を、泳ごうとしている。足はつかない。波が襲ってくる。海水は目に沁《し》みる。それでも大きく目を見開いて、その手はなんとか水を掻《か》こうとしている。

織野家に横たわる海の中で、この子達がどうか溺れてしまわないように。

自分ができることは何なのだろう。

津麦はトランプを並べながら、自分がやらなくてはならないことが、見えてきたような気がした。


夕暮れが近づき、はき出し窓から見える平たいマンションは、片側の色を塗り替えたみたいに綺麗なオレンジ色に染まる。遠くから夕焼け小焼けの歌声が近づいてくる。と思ったら、ドアがガチャリと開いた。歌っていたのは、昌と凜だったらしい。

津麦は慌てて、玄関に走る。帰ってきた朔也は、ただいまも言わず、開口一番、津麦に言った。

「とにかく電話はやめてくれ」

「おかえりなさいませ、織野様。今日は暑くなりましたね。ひとまず、お水を飲まれてはいかがでしょうか。昌くんも凜ちゃんも、汗びっしょりですよ」

見ると、自転車のヘルメットを脱いだ昌と凜の髪は、汗で額にへばりつき、頬は真っ赤に膨らんでいる。氷の入った水を差しだすと、二人ともガブガブと勢いよく飲んだ。夕方の陽《ひ》の光が、揺れるまつ毛を薄茶色に透かしている。朔也は蛇口の水を、手で直接掬《すく》って飲んだ。

「それで、お電話のことですが？」

「そうそう、電話をやめてほしいんだ。昌や凜の保育園からも、何度も何度も電話がかかってくるんだ」

「と言いますと？」

「小さいから、しょっちゅう熱を出すんだよ。電話で発熱しましたって言われるたびに、お迎えに行かなきゃならない。カジダイさんから電話が来たら、また保育園からかと思って、心臓に悪いんだよ」

カジダイさんとは、やはり私のことのようだ。名前くらい覚えてくれてもいいのに。子ども達でも覚えてるよ、と津麦は引っかかったけれど、話を進めた。

「そうでしたか」

「職場でも、電話がかかってくると嫌な顔をされるしな。ひどいときは、給料ドロボーかって、嫌味を言われることもあるんだよ」

「それは失礼いたしました。ですが、前回のように、きちんとお話ができないまま帰されてしまいますと、こちらもお電話でいろいろ確認せざるを得ません」

パパには頑張りすぎないでほしいという、慶吾や樹子の思いを聞いた津麦は、今日はそう簡単には引き下がらないと心に決めていた。意志を込めて、足を開いて踏ん張る。

「分かったよ。今日はちゃんと話をする」

観念したという風に、朔也は言った。

「では、前回言いかけてやめたことを、きちんと教えていただけませんか？　悪いところがあれば、直します。初回の訪問時、何かお気に召さないところが、ありましたか。それとも、家事代行そのものにやはり、抵抗があるのでしょうか」

「じゃあ、言わせてもらうけど」

ついてこいと言わんばかりに、朔也は津麦の先に立った。台所に入って、炊飯器の蓋を開ける。中身は空っぽだ。

「なんで、米を炊いておいてくれなかったわけ？」

「え？」

津麦は急に何を言われたのか、理解できなかった。

「米だよ。米。仕事して、ガキを二人保育園に迎えに行って、『あぁ、今日はメシができてるんだ』って思って帰ってきたんだ。腹が空《す》いてるガキたちに、『よし待ってろ。今日はカジダイさんが作ってくれたおいしいごはんだぞ！』って言って帰ってきた。いい匂いがする。さあ食べるぞって、炊飯器を開けたら、空っぽじゃねぇか」

初日に作ったメニューを思い出す。あの日は確か、豚汁と、キャベツの和え物と……そうして最後に思い当たった言葉を、津麦は弱々しく言い返した。

「これまで私が担当したお客様は、おかずだけでしたので……」

「あんたの『これまで』は知らんの。お願いしたのはうちなの。ガキ五人と、大工で力仕事して帰ってくる男のいる家なの。どうやって、米なしで腹いっぱいにさせるんだよ？」

朔也は、相変わらず真っ黒なクマのある目でジロリと津麦をにらんだ。

言われてみたら、その通りだ。この家がどういう家族かなんて、まったく考えられていなかった。津麦は、『これまで』の型に織野家も押し込めて考えていたことに気づいた。

「それから、台所に置いてあった、ポテトチップスの緑の蓋、捨てただろ。あれは、昌が集めてたんだ。メンコみたいにして遊んでんだよ。子どもってそういう、ゴミみたいなもので遊ぶんだ。特に昌はそういう、よく分からないものを集めるのが好きで」

「それは……本当に、申し訳ありませんでした」

津麦は頭を深く下げた。深く深く下げて、上げることができなかった。

ダメだ。私、全然ダメだ。全然できてない。

津麦はやっと、自分の何がダメだったのか、理解した。

「伝えてない俺も悪いんですけど。でも、分かるよね。時間がないの。たった一人で五人育ててるんだから、チマチマと細かなことを伝える時間はないんだ。それなら全部、自分でやった方が早いんじゃないかって思うわけよ」

何も想像できていなかった。この家に住む人の暮らしを。生活を。

頭を下げたまま、津麦は思った。

生活を想像することもできない自分は、家事代行になる資格なんてなかったのかもしれない。なぜ家事代行なんて、始めてしまったんだろう。あの時倒れたりしなければ、今もまだ商社で働いていたんだろうか。


商社に入って五年が経ったある日、津麦は倒れた。意識が遠のき、本社のフロアマットの上に倒れ、救急車で運ばれたのだ。医師からは長期の休養を勧められた。

今、何月何日の何時何分なのか。

働いていた時、津麦はいつも目が覚めてすぐにそれを確かめた。商社では月の半分以上が出張で、分刻みに世界中を移動する日々だったし、国内にいても会議や電話の予定が、少ない時間の中にギュッと詰め込まれていたせいだ。

倒れた後も、時計を見る癖はすぐには抜けなかった。自宅のベッドで療養しているのに、目覚めてすぐに時刻を確認する。そして、その時刻に、本当は自分が行くはずだった出張、出るはずだった会議、するはずだったお客さんへの電話、メール……そういうものを思い浮かべた。だけど、今の自分にはどうすることもできない。諦めだけが、部屋を満たしていった。

一日、一日がベッドの上で、何事もなく過ぎていった。「永井さんがいないと、仕事が進みません」と同僚から泣きの電話の一つもかかってくるかと思っていたのに、スマホはうんともすんとも言わなかった。憧れた商社で、倒れるほど必死にやってきた仕事はすべて、自分でなくともなんとかなる仕事だったのだと思い知った。途方もなく悔しかった。

同時に、焦がされるほどギラギラと陽が当たる場所に、津麦を縛り付けていたものを、一つ一つ手放して、落ちて落ちて落ちて——暗く音のない深海まで落ちきると、あぁここが底なのか、と思って安堵した。「もう、ここから一歩も動けない」と自分の身体の奥深いところから、久しぶりに聞こえてきた声に従って、そのしんと静かな平穏の中で、昼も夜もなく眠った。

ひと月半ほどそうして過ごすと、体力だけは正常に回復してきたのか、昼に眠り続けるということができなくなった。朝、遮光カーテンの隙間から差し込む光で目が覚める。けれど、全身を覆うようなだるさがあり、目が覚めてもベッドに身を横たえ続けていた。そうして、これまでと違う様子など見せなかったはずなのに、津麦が朝日覚めるようになってほんの数日たっただけで、母はすぐに気がついた。母は、津麦の部屋のドアをカツカツと無遠慮にノックする。

「津麦？　起きているの？」

「うん……」

起きていることがなぜバレたのかと訝《いぶか》りながら、ベッドに手をついて身体を起こし、引きずるように歩いてドアを開けた。アイロンのきいた藤色のエプロンを身につけ、母がそこに立っていた。額には皺が刻まれ、髪にも白いものが混じり始めてはいるが、見る者の目を惹きつける美しさがある。でも、今の弱った自分には眩《まぶ》しすぎた。ヨレヨレのパジャマを着た自分と比べてしまって、息が詰まる。そんなことはお構いなしに、津麦の顔を見ると、母は言う。

「なんだ、やっぱり。起きているんじゃない。起きているなら、ゴロゴロしていないで、きちんとしなさい。掃除機くらいかけたらどうなの。いつまでも、こんなに締め切った部屋で……」

部屋の様子を端から端、上から下まで見回しながら、母は言った。久しぶりに会話する娘のことは少しも見ない。気遣いの言葉もなく、部屋の様子ばかり気にする母のことを、津麦はもはや、なんとも思わなかった。昔からそうだ。反論するほうがしんどい。

「そうだね。掃除、するよ。久しぶりに」

「掃除機、場所は分かるわよね。物置に入っているから」

「うん」

「そうそう。あなたは働き始めてから、掃除をしなくなったから知らないと思うけれど、最近コードレスの掃除機に買い替えたのよ。でも、広い家だから、全部じっくりかけてると途中で充電が切れたりして、困るのよね。あぁ、うぅん。今、あなたが掃除機をかけるのは、三階だけでいいから。充電が切れる心配はないわ。一階に来客があるかもしれないから、静かにね」

「分かった」

津麦の返事を聞き終わるか終わらないかのうちに、母は階段の方へ足早に去っていった。

津麦は、トイレ横に設置された物置の白い扉を開き、掃除機を取り出す。力を込めた手が空《くう》を切るほど、最新の掃除機は想像していた以上に軽く、病み上がりの津麦でもなんなく持ち運べるものだった。先ほどまで寝ていた自分の部屋から順に、掃除機をかけることにする。一か月以上、部屋の主が寝てばかりいたせいで、よく見るとうっすらと全体に埃が積もり、床はくすんでしまっている。部屋の隅には綿埃が溜まっている。急に自分の肺の中までも、埃っぽくなってしまったみたいに、息がしづらいような気がしてくる。

換気のために窓を開ける。近くの公園の楡《にれ》の緑色の頭が、家々の向こうに見えた。すぐ目の下にある中庭には、ドウダンツツジやナンテンの木が並ぶ。どの木々も若い葉を茂らせ、花をつけ、美しくいきいきとしている。新緑の香りを含んだ空気をすうっと吸い込んで吐き出すと、津麦は掃除にとりかかった。

フローリングの木目に沿って真っすぐに、ゆっくりと、掃除機をかけていく。押して、引いて、押して、引いて――。高校生の頃、母に教えられた通り、単純な作業を繰り返す。

一部屋すべて、掃除機をかけ終えて見ると、窓から取り込まれた陽の光を受けて、床はツヤを取り戻している。身体は疲れたはずなのに、不思議と気だるかった気分が少し上向いたのを感じた。母に言われた三階全部に掃除機をかけ終えた時には、小さなことだがやり遂げたという気分になった。その小さな小さな達成感は、海面を漂ったあと舞い落ちてきた貝殻のように、柔らかな手のひらの上で、確かな輪郭を持っていた。深海の底で見るそれは、美しかった。

その日から、母は津麦に毎日、家事を課した。

家事をしながらも身体を休め、数か月ほど過ごした。体調は徐々に良くなった。起き上がることがやっとだった身体が、夏が過ぎ、空気がさらりとしてくる秋頃には外に出てみることも、バスや電車に乗って移動することもできるようになった。けれど、自分でなくてもよかった仕事にどのように気持ちを傾けて、そして脆《もろ》くなってしまった身体を再び壊さぬようにと、どのようにバランスをとっていけばいいのか。商社で再び働くイメージはいつまでも湧かなかった。津麦は復帰することなく、商社を退職した。そうして、母に言われるがままに家事だけをして過ごした。

季節は冬へと移ろっていった。年末は、母が一年で一番忙しい時期だった。

十二月に入ると、家中のあらゆる家具を動かしたり、カバーを外して中身を取り出して拭き上げたり、まだそんな場所も掃除できたのかというようなところまで念入りに掃除をする。年の瀬になると、門松を飾り、頼んでいた餅を餅屋に取りに行き、保存の利くものからお節料理を作り始める。紅白なます、煮しめ、田作り、黒豆、昆布巻き、栗きんとんに伊達巻。それらを、大晦日《おおみそか》になると重箱に詰める。津麦は母の傍らにいて、指示されるままに手伝った。

一月。華やかなお重をつつきながら、津麦は悶々《もんもん》としていた。年末から傍らで母の仕事ぶりを見ていた。これまで毎年、一人でも十分に、一年に一度の大仕事をやってのけていた母の手際の良さに圧倒され、自分の存在意義がますます分からなくなったのだった。

結局、家の中は母がピカピカに磨き上げるのだし、自分が家事をしてもしなくても同じではないだろうか。それならば、また外で働いてみようか。

新年という新しい風も手伝って、津麦は求職活動を始めた。とはいえ、いきなりフルタイムで働き始める気持ちにはなれない。一度商社で失敗した津麦は慎重だった。ひとまず短時間から始められる仕事をと思って、派遣、アルバイトの求人サイトを検索した。流れていくスマホの画面の中に、「家事代行サービス」を見つけた。その文字を見て、家事くらいなら、と直感的にスクロールする手が止まったのだ。

詳細のページを開いてみると、「未経験OK」と書かれていた。

そうか、未経験になるのか、私は。

これまで、自分のしてきた経験、というものを思い返す。

プロジェクトを推進したり、英語や中国語を話したり、様々な取引先と調整したり。そういうことを確かにしてきたはずだけれど、今ではそれをしていたのは自分じゃなくて、他人みたいに思える。思えば、働いていた当時も、なんだか地に足が着かず、現実感が薄かった。そして倒れて以来、家の中で引きこもるように過ごしたのだ。私の経験は、そこで途切れた。皆がのぼっていく階段を、ひとり見上げているような気持ちになる。

私は、また一からだ。一から、自分には、何ができるのだろう。

商社に入った頃、あんなに遠くへと向いた気持ちはすっかりしぼみ、今は遠すぎる場所に行くのが怖い。今の生活から、ハーネスをつけてようやく手を伸ばせる範囲の仕事でないと、不安だった。家事ならば、と津麦は思う。家事ならこの数か月、毎日してきた。すっかり臆病になってしまった今の自分にもできるだろうと思った。

それに、家事くらいなんだ、とも思っていた。世の中の多くの人が当たり前にできているのだから、私にもできるだろうと思った。

家事を職に選びながら、それを軽んじている矛盾を感じないわけではなかった。未《いま》だに母には、家事代行をしているとは言えていない。そんなの仕事ではないと否定されるかもしれない。中途半端な気持ちでやっているなら、父の事務所を継ぎなさいと言われるかもしれない。

自分には、怖いことばかりだ。

「お母さんに取り憑いた悪魔をやっつけたい」

と、夢見た幼い頃の自分は、怖いものなどなかったのではないか。真っすぐで、もっと強かったのではないか。歳を重ねるにつれて、どんどん臆病になる。あの時の悪魔は家事のことだったのだと気がついて、忘れていた夢を叶えるために家事代行になったのだとしたら、どんなにかっこ良かっただろう。そんな風に一本軸の通った人間になれていたら。母にも胸を張って、今の仕事のことを言えたのかもしれない。けれど、そうではない。自分に嘘はつけない。

怖い。それでも、外に出たい。家事なら、家事代行なら。

それが、弱り切ってどうしようもなかった私が、縋《すが》るように踏み出した一歩だったのだ。

津麦はいつまでも、頭を上げられない。織野家の汚れた台所の床を見つめたままだ。家事代行をはじめた時、家事くらい誰にでもできると思っていた。皆ができているのだから、自分にもきっとできると思っていたのだ。だけど、本当にそうなのか。家事は誰にでもできる仕事だったのか。きちんと自分自身で生活をしたことのない人間が、できる仕事ではなかったんじゃないか。

あの家を出て一人暮らしをしたり、誰かとルームシェアしたり、同棲《どうせい》したり、子育てしたり。もっとそういう生活というものの経験があれば、織野朔也は自分を、いや、家事代行という仕事を、頼ってくれたのかもしれない。

助けなんかいらない、と言っていたこの人を助けてみせたかった。父親を助けたいと願っていた、慶吾や樹子の力にもなりたかった。けれど、自分にその力はないのかもしれない。

「だから、まぁ、とにかく。うん。しばらくは俺の帰ってくる時間でおしまいってことにしてよ。夕方の忙しい時間に、知らない人が家にいるのも、なんだか落ち着かないし……」

厳しかった朔也の声が、少しずつ柔らかさを帯びていく。津麦が、いつまでも頭を上げないからだ。

悔しい。悔しい。

織野家を助けられないばかりか、自分と家族のことでとうに限界を超えて、余力などどこにもないはずの朔也に、さらに気を使わせるなんて。どうしようもない。自分が情けなく、悔しくて、恥ずかしかった。涙が、台所の床にポツリと落ちた。

六

いつもみたいに安富さんに電話しようかな、とは思った。

「ただ、米を炊き忘れて、ゴミと間違えておもちゃを捨ててしまっただけなんですけどね」

なんて軽い感じで、話し出せばいいじゃないか。だが、津麦の指は一向に電話の方へ動かない。自分を偽って話すことが、今はどうしてもできそうになかった。

気分転換しようと、立ち上がって、家のキッチンで紅茶を淹《い》れる。食器棚からガラスのポットとカップを取り出し、缶に入った茶葉をティースプーンでひとすくいポットに入れる。茶葉は母が専門店で購入してきた、こだわりのものだ。沸騰したお湯を注ぐと、広くしんとしたキッチンに、あたたかさを含んだ爽やかな香りが立ちこめる。

何者にも脅《おびや》かされることのないキッチンで、母が買った紅茶を飲みながら、やはり身のほど知らずだったのかもしれない、と思う。家事くらいできると思っていた。けれど、思っていた何倍も家の仕事は奥が深い。ただ米を炊き忘れたとか、間違っておもちゃを捨ててしまったという、表に浮き出た一つ一つの事柄だけをなぞればよいわけではない。もっと自分の深いところに根があるのだと思う。

目の前のダイニングテーブルを見ながら、津麦は思い返した。商社に行きたい、父の事務所は継げないと話した日に、あのテーブルで向かい側に座った母。

「あなたと私の夢だったでしょう」

母が泣きながら、津麦に言った言葉。あの時、父が止めなければ、津麦は母に、

「それはお母さんの夢でしょう。私に押し付けないで」

と、言い返してしまいたかった。父が築いたこの家と、母が敷いた道を、私の「夢」だなんて勝手に呼ばないでほしかった。しかし、結局正しかったのは母なのかもしれない。商社になど入らず、この家の一階の事務所を継げばよかったのかもしれない。倒れた日以来、そんな考えが浮かんでは、見ないように過ごしてきた。

けれど、もう一度踏み出したこの家事代行さえも上手くいかない。

もともと家事代行は、社会復帰のために、腰掛けのようにはじめた仕事だ。このまま自分のような人間が、中途半端な気持ちで続けていていいのか。ここが辞め時なんじゃないだろうか。やはり、正しいのは母で、今からでも、父の事務所で働かせてくださいと、両親に頭を下げた方がいいのではないか。

透き通った褐色の紅茶を眺め、もう一度、口に含む。

逃げなのかな、とも思う。見知ったものだと思っていた家事が、急に知らないものに変わってしまったみたいで、怖くなって逃げ出したくなっているのかもしれない。だが、このまま辞めて、家事や織野家から逃げてしまってもいいのか。

樹子や慶吾があんなに素直に思いを伝えてくれたのに。子ども達でさえ何か力になりたいと言っているのに。忙しい朔也をまた一人にしてしまうのか。グルグルと考え込んでしまう。

パッとスマホの画面が光る。見ると、安富さんからの電話だった。

織野家に行ったにもかかわらず、いつものように電話がかかってこないことを心配して、安富さんの方からかけてきてくれたのだ。

「どうかされましたか？」

安富さんの声を聞くと、固まっていた思考が、少しだけゆるむようだった。津麦は自分の中を巡っていた言葉のほんの一部を、漏らす。

「私、向いてないんだなって思ったんです。この仕事」

言ってしまうと、改めて目の前に突きつけられるようだ。自分の言葉なのに落ち込んでしまう。

「それはまた、急ですね。私、本日ちょっと外に出ておりまして。津麦さんのご自宅の方まで行く予定なのですが、出てこられますか？」

それなりに重大な思いを打ち明けたつもりなのに、安富さんはいたって冷静だった。

津麦の家からしばらく歩いたところにある、夕日ヶ浜海岸公園で待ち合わせとなった。公園を知る津麦は、初めて訪れる安富さんに、「十一時に、砂浜に面している防潮堤のどこかで座って待っています」と伝えた。昔読んだ小説のラストで、主人公の男女が長い砂浜で、詳しい待ち合わせ場所も決めずに出会うという場面があって、あれを真似《まね》してみたくなった。

ちょっと魔がさしたのだと思う。冷静な安富さんに汗をかかせてみたい気がしたのだけど、訪れてみたら先が見えないほど遠くまで、防潮堤は続いていた。記憶より何倍も長い。これじゃあ、本当に会えないわ。津麦のいたずら心はしぼみ、安富さんが来る駅から一番近い場所に腰を下ろす。

目の前の海に広がる無数の波が、春の陽光を受けてキラキラと輝いている。サーフィンをする若者、砂浜で犬の散歩をする老夫婦、手を繋ぎながら歩くカップル、波打ち際で遊ぶ親子。海では、誰も彼もが幸せそうに見えた。ここしばらく巡らせていた考えは頭から消え、ザーンザーンと一定の間隔で寄せては引く波の音だけが響く。

波は海岸に寄せるときは白く砕け、泡を撒《ま》き散らせる。引いていくときは水鏡のように平たくなって、美しい。優しく砂浜を撫でていくみたいだ。

フッフッフッフッと聞きなれた笑い声がして、振り向くと安富さんが立っていた。

「会えてよかったです」

汗を拭きながら、津麦の隣に座る。直接会ったのは、面接の時以来だった。その時、安富さんは津麦の真向いに座っていた。安富さんの横顔を見るのは初めてだ。

ほうれい線にそってやや垂れ気味の頰には、赤みがさしている。

「すみません、わざわざ来ていただいて」

眼鏡のフレームからはみ出て見えた、目の横の皺の隙間には、小さな汗の粒が溜まっている。安富さんは、一度眼鏡を外し、紺色のハンカチで汗を拭った。その様子を見ながら、津麦はぼんやりと考えた。

魔がさしたというのもあるけれど、本当は安富さんに見つけてほしかったのかもしれない。電話がかかってきたとき、グルグルと考え込んだ頭で、自分で自分がよく分からなくなっていた。昔読んだ小説のラストみたいにこの広い砂浜で自分を見つけてもらえたら、悩んでいることの答えも一緒に見つかるんじゃないか。すべてがすっきりと解決するんじゃないか、なんて考えた。

けれど、十分だ、と思う。安富さんは、汗をかいてくれている。それだけで十分。寄りかかりすぎてはいけない。今回のことは、自分で決着をつけないといけないんだと思う。

「いえいえ、私から提案したのですから。それにしても、良いところですね。ここは」

安富さんは首を振り、穏やかに海岸を眺めた。

「何か、ありましたか?」

「何か……というほどのこともないのですが」

津麦は沖の方に視線を移し、先日の朔也とのやりとりを話した。ヨットが海の上を滑らかに進んでいく。

「そうでしたか」

話し終えると、安富さんが、かすかに頷いたのが分かった。

「分かり合えないのかもしれないって思ったんです。私、子どももいないし、ルームシェアも同棲もしたことないし、一人暮らしさえ経験がないんです。そんな奴《やつ》に、家庭を持つお客様の気持ちなんて分からないのかなと思って。相手が何をしてほしいか、汲《く》み取ることなんてできないって」

「そうですねえ」

安富さんは、海を眺めてしばらく考えているようだった。

「津麦さんのお話を聞きに来ておいて恐縮なのですが、少しだけ、私の昔話を聞いていただけませんか？」

意外な申し出だった。これまで、安富さんは津麦の話を聞く一方で、自身のプライベートの話などしたことはなかった。

「安富さんの？　もちろんです。聞かせてください」

安富さんの生活には興味がある。少し前のめりになった津麦を見て、安富さんはゆっくりと話し始めた。

「うちは、妻と私の二人きりの家庭です。子どもは、望んでもできませんでした」

その言葉を聞いて、どんな表情をしていいのか分からず、津麦はあいまいに頷いた。安富さんは続ける。

「結婚前の話をするのは気恥ずかしいですが、妻と私は元々、高校時代の同級生だったんです。就職してからは、東京を拠点に働く妻と、全国転勤のある私は、遠距離恋愛の後、今で言う週末婚をしていました。週末だけ、お互いの家を行き来する夫婦です。子どもができたら、どちらかに拠点を定めよう。そんな風に話をしていました。

ですが、いつまで経っても子どもはできませんでした。それでも、私は彼女のことが好きでしたし、子どもができてもできなくても、一緒に暮らしたいという気持ちが強くなっていきました。それで妻の職場の東京と、二人の故郷である神奈川の境目に、1LDKの部屋を借りて一緒に暮らし始めました」

津麦は、頭の中で若い頃の安富さんを思い浮かべながら、聞いていた。

「私の貯金もありましたし、妻の収入だけでも二人が十分食べていけるくらいだったので、私は引っ越すタイミングで会社を辞めて、越してきてもしばらく、無職でした」

「えぇ、安富さんがですか?」

驚いた。堅実そうに見える安富さんが、無職だったなんて想像できない、と津麦は思う。子どもができないというのはきっとつらい経験だっただろう。だが、そのことに囚《とら》われている様子は見えない。自分の意志で仕事をすっぱりと辞め、好きな人のところへ飛んでいける心の柔軟さが羨ましかった。

「ええ。もともと、単身生活をしていたので、家事の類は嫌いではありませんでした。スパイスカレーに凝ってみたり、うどんを手打ちしてみたり、料理は特に好きでしたね。金銭的には余裕もあるのだし、求職しながら、しばらく主夫というものをしてみようと思いましてね。忙しかった妻も、少し時間にゆとりができると喜んでくれました」

安富さんは主夫だったのか。どうりで家事についてのアドバイスが的確なはずだ、と津麦は納得した。

「けれど、大変だったのはそこからです。高校時代から付き合いがあり、毎週末のように会っていた時には気にならなかったことが、一緒に暮らすようになっただけで、気になり出しました。もちろん、家事のことです。例えば、洗った後のお箸は、先を上に向けて乾かすのか、下に向けて乾かすのか。着たものを洗濯に出すときは、裏返しのまま洗うのか、脱いだ人が表に返すのか。肉じゃがのじゃがいもの大きさはゴロゴロ大きめなのか、口に入る小さめなのか。そんな一つ一つの習慣の違いが、ストレスでした。なんで分かってくれないのか、と思ったりもしました。当然こうするべきなのに、と思うこともありました」

安富さんの表情に苦しさはない。そんな時期も乗り越えてきたのだ、と分かる穏やかな口調だった。津麦は、時折、目の前の海を見やりながら、静かに安富さんの話を聞いていた。

「ある時。妻が室内に干した洗濯物の干し方が気になりまして、干し方を変えたことがありました。妻は、長いものと短いものを交互にピンチハンガーに干していたのですが、私はテレビで、『室内干しの場合はアーチ形に干す方がいい』と言っていたので、そのように変えたんです。妻には何も言わず、です」

「それは……」

奥さんの気持ちを想像して、思わず口を挟んでしまう。

「ええ。妻は、怒りました。『なんで勝手にそんなことするの。私だって頑張って家事をしているのに。何も言わずに変えるなんて、ひどい』と」

「そうですよね。私だったら、変えるならちゃんと言ってほしいし、理由があるなら知りたいです」

「本当に。その通りでした。でも当時の私は、驚きました。良かれと思ってやっていましたから。何も言わずに変える方が、お互い衝突せずに済む、とさえ思っていました。波風は立たない方がいい、と。今なら、浅はかだったなと分かります。妻を傷つけていたんだと、言われて初めて気がつきました。そうして、平謝りして、二人でどうやって干すのがいいのか話し合ったんです」

安富さんは、恥ずかしそうに人差し指で、頭を掻いた。

「まあ。そんな風に、たとえ夫婦であっても、何も聞かずに『相手が何をしてほしいか汲み取る』なんて、大層難しい問題です。よく、愛し合う夫婦であれば、言わなくてもできると思い込まれているんですけどね。できないですよ。一つ一つ、相手の考えを聞いて、自分の意見を述べて、どうすることが最良か、お互いに話し合っていくしかないんです。

それだって、一度やればおしまい、というわけにもいきません。私たち夫婦なら、また私が働き始めた時、生活は変わりました。家事の優先順位も、分担も変わります。そういう節目節目で、何度もケンカをして、話し合いを重ねて、それでなんとか生活は回っていくのだと私は思いますよ」

安富さんは、津麦を見て、困ったような笑顔を見せた。安富さんみたいに穏やかに見える人にも、そんな生活があったんだ。やはり家庭というのは、外から見ていては分からないものだな。織野家の扉を開けるまで、あんな光景が広がっているなんて想像できなかったみたいに。

波音に紛れて、遠くからトンビの鳴き声が聞こえる。一呼吸つく安富さんの後方へ視線をずらすと、淡く青い空をトンビが舞っているのが見えた。

「そうなんですね。でも織野様は、それを求めてるんですよね。時間がないからこそ、全て汲み取ってくれる家事代行を。それ、私には無理なんですよぉ」

怒られるだろうか、と思いながらも、津麦は家事代行になった時の経緯を話し始めた。

「私、家事なんて、って思ってたんです。正直。誰にでもできる簡単な仕事だって。だって、私は高校生からやっていたし。母とか、祖母とか、皆当たり前のようにできていたことだから。それに、何百億の大金が動くわけでもないし、人命に直結するわけでもない。特別なスキルも必要ないだろうって、前職の商社と比べて、舐《な》めてました」

「……はい」

「でも、今回織野様に言われて気づいたんです。これまで私がやったことのある家事って、全部、誰かがお膳立てしてくれてたものだったんだって。料理は、料理教室で習って、家では母からリクエストされたメニューを、母が買ってきた食材で作ってました。家事代行で伺ったお家でも一緒です。掃除と洗濯は、実家でもやっていますけど、それも母の指示のもとでした。今日は三階の掃除機がけをお願いとか、今日は風呂掃除で、とか。今何が必要か、自分で考えて工夫してやった家事は、一つもないんです」

安富さんは、諭すように静かに言った。

「指示されたことをきちんとやり遂げるのも、立派なことです。それを望まれるお客様もいます。指示したことを確実にやってほしい、というお客様です」

「そうですよね。確かにこれまで担当してきたのは、そういうお客様でした」

今も定期的に通っている共働きの三人家族、次に担当した老夫婦を思い出した。それから、織野朔也の顔が浮かぶ。目の前の海と、織野家のクリームイエローの海がうっすらと重なって見えた。

「でも、例えば食事のメニューや今日やってほしい掃除を、家事代行が来るより先に考えておく。そんな余裕もないお客様だっているんだ、って織野家を見て、気がつきました。本当の本当に、手も、時間も、何もかも足りていないお客様ですよ。

私は、欲張りだから、そんなどうしようもなく困っているお客様がいるんだったら、その人達の力にもなりたいんです。本当の気持ちは。できることなら。でも、私は向いてないから、力になりようもないんですけど」

言って、情けないような恥ずかしいような思いが蘇って、胸を塞ぐ。顔が紅潮する。たまらず、下を向いてしまう。

「そういうのは、欲張りというのとは違うと思いますよ。気持ちがあたたかくて、正義感が強いのだと思います。見てしまったらもう、ほうっておけないんですよね」

安富さんの声が、どうしようもなく優しい。まぶたの奥の熱を持った部分が、じんわりと緩んでいくのを感じた。足元の防潮堤のコンクリートが、滲《にじ》んで見える。

「それで……、津麦さんはできることは全てやって、それでも家事代行スタッフに向いてないと。そう思われているのですか？」

「できること？」

津麦は顔を上げて、安富さんの方を見た。安富さんも真剣な面持ちで、津麦の方に顔を向ける。

「織野家のために、できることです」

前回の訪問から、あれこれ考えてはいたものの、何か行動に移したわけではない。

答えになるかどうか分からないけれど、と思いながら慶吾と樹子と話したあとの、自分の気持ちを安富さんに伝えてみる。

「慶吾くんや樹子ちゃんの話を聞いて、私は『織野家のために、お母さんになりたい』と思ったんですよ。家事代行スタッフとして、母親代わりになれたらって」

「なるほど、お母さん、ですか……」

「えぇ」

「津麦さん」

改めて名前を呼ばれて、津麦は「はい」と姿勢を正す。

「色々な考え方があることは承知しています。ですが、私の個人的な考えを述べさせていただけるなら、私は、家事代行スタッフは家事の代わりはできても、お母様の代わりにはなれないと思っています。一人のスタッフが子ども達の成長を、この先もずっとそばで見守り、導いていけるわけではないのです。私たちが向き合うのは、家事です。家事代行スタッフは家事のプロです。育児のサポートもしますが、あくまでサポート」

安富さんの声色が、厳しかった。

「すみません。その線引きはきちんとしないといけないですね」

「家事のプロとして、できることはないでしょうか」

「うーん。一番の問題はそこです。家事のプロ、なんてとても言えないですよ。織野様から、お前は手出しするな、足手まといだって言われちゃったようなものですし。経験の差がありすぎます」

そうですねえと言いながら、安富さんは眼鏡の奥でゆっくりと数回瞬きをする。

「もちろん経験は糧です。一人暮らしをしたことがある、誰かと同居したことがある、子どもを育てた経験がある。それは確かに、ある側面では役に立つかもしれません。けれど、必須のものではありません。織野様の家で言えば、織野様と同じ経験をしているシングルファーザーの家事代行スタッフでないと担当できないか？　というと、答えはノーですよね。それと同じです。お客様と同じ経験が必要、というわけではないのです。家事のプロとして、できることはたくさんあります」

そのできること、が津麦にはぼんやりとして分からない。お母さんでもなく、お父さんでもなく、家事のプロとしてできること。

「ところで、津麦さん。津麦さんは以前大手の商社にお勤めだったとか。大きな会社では、入って間もない新人さんは、何をされているのでしょうか？」

「研修に参加したり、先輩社員の会議に出て見て学んで、議事録を取ったりするんですよ」

「なるほど。何もできなくても、見て学ぶ、というわけですね」

津麦は、ぼやけていた焦点がそこで初めてピッと合ったような気がした。ここまでヒントを出してもらってやっと、安富さんの言わんとしていることが分かった。

「そっか！　そうですよね。知らないから、分からないし、できないんですね。知らないんなら、知っていけばいいってことですよね」

やっと分かりましたか、と安富さんが笑った。母音のない笑い声は、ひときわ強く吹いた潮風と大きな波音の間に消えていった。

七

「またキャベツかぁ」

冷蔵庫を開けると、今日もごろんとひと玉、春キャベツが入っていた。ひんやりと輝く黄緑色。

鮮やかだなあと見惚《みと》れる反面、同じ食材が続くとレパートリーに限界が来そうで、少し不安になる。視線を感じ、顔を向けると台所のそばに真子が立っていた。

「水、飲みたくて。暑くて」

いつものように表情には乏しいが、こめかみの辺りがうっすら汗ばんでいる。まだ五月の終わりだというのに、夏のように暑い日が続いていた。

「あ、これ使ってください。どうぞ」

冷蔵庫を閉め、先ほど洗ったばかりの透明なガラスコップに、水を注いで差し出す。

「どうも」

コップに口をつけてから、何気ない調子で真子が言う。

「パパ、キャベツが好きなんですよね」

目は、冷蔵庫の扉を見つめている。

「この時期は、毎日のように夕食に出ます。パパの生まれた家は、群馬のキャベツ畑のすぐ近くにあったみたいで。おじいちゃんもおばあちゃんも早く死んじゃったから、私達はほとんど行った記憶はないんですけど。『なんかこの、まん丸いキャベツ見ると、落ち着くんだよなあ』って酔っぱらうと言ってます。パパ」

真子がこんなに話すのは初めてだった。津麦は手を止めて、話を聞く。

「そうだったんですね。ふるさとを思い出すんでしょうか」

「そうなのかも」

「でも、毎日キャベツだと飽きませんか？」

キャベツは淡白な白菜と比べると、やや主張のある味だ。同じ味付けだと、飽きてしまうだろうと思った。

「別に。飽きるけど、パパがこれ見て深呼吸できるなら。いいかなって」

中学生らしい、すましたそっけない言い方だ。けれど、父親への思いやりを感じる。根はとても優しい子なんだろう、と津麦は思った。

シングルファーザーの朔也の気持ちなんて、全然分からない、と頭を抱えていた。立っている場所も、経験もあまりに違いすぎると思っていた。でも、キャベツを見て深呼吸できる人の気持ちなら、分かる気がする。想像できる。

この息苦しい部屋を初めて訪れた時、津麦が春キャベツに救われたのと同じように、朔也もこのキャベツに救われているのかもしれない。彼にとっては、ふるさとの風を感じられる窓みたいなものだろうか。仕事を終えて帰ってきても、忙しくて息つく暇もないような生活の中で、このキャベツが彼の拠《よ》り所なのかもしれない。

そういうものって、たった一つでもあると全然違う。ないと困る。きっと窒息してしまう。すごく大事だ。それならば、と津麦は思う。

「それなら、私はそのキャベツですごくおいしくって、エネルギーになりそうなもの、頑張って作りますね！」

あの人がもっともっと深く、呼吸できるように。津麦の熱のこもった言葉を聞いて、真子はかすかに笑った。

何の料理にしようか。

先ほどは反射的に、「またキャベツか」と思ったけれど、よくよく考えてみたら、キャベツの懐は存外に深い。洋食だと、コールスローやロールキャベツ、パスタにも。和食だと和え物やお好み焼き、味噌汁、それからトンカツの脇役の千切りキャベツ。主菜にも、副菜にも、汁物にもなりえる頼もしさ。そういうところも、朔也は好きなのかもしれない。

考えながら、台所を片づけ続ける。今日は静かだ。カチャカチャとカトラリーや器の触れ合う音が響く。家にいるのは真子だけで、樹子と慶吾は遊びに出ていた。

片づけが終わると、メニューを書き出す。朔也たちが戻れば、津麦はもういい、帰れと言われてしまう。朔也が帰るまでにできるものにしようと決めた。

ごはん
回鍋肉
きゅうりともやしのナムル
小松菜と卵の中華スープ

品数は少ないが、時間内に完成させることを優先した。

今回は忘れずに、最初にごはんを炊く。

少し多いかと思ったが、四合炊くことにする。

ボウルに米と水を入れ、底から一度混ぜ、すぐに水を捨てる。汚れた水を米に吸い込ませすぎないように。もう一度水を入れて、かき混ぜる。ガシガシ研ぐのはだめ。お米を傷つけないように、シャカシャカと、優しく。二回ほど繰り返して、濁りがなくなり、うっすら米が見えるほど透明になれば洗米は完了。今から炊けば、朔也たちが帰ってきて、片づけや食事の準備をしている頃には間に合う。炊きたてのごはんが食べられるだろう。

そして、回鍋肉。春キャベツは水分が多い上に、炒め物は時間が経つと、どうしても水っぽくなりやすい。後から食べるのには、あまり向かない。けれど、野菜と肉が一度にとれるこの料理は、栄養も食べ応えもある。力仕事をして帰ってきた朔也と、育ち盛りの子ども達のエネルギーになってくれるに違いない。

水分が出過ぎないように、丁寧に仕上げていこう。キャベツは外側の葉を使う。大きさを揃えるようにざく切りし、油を入れた湯にさっと通し、水気を切る。油膜をまとった葉の一枚一枚が、一層鮮やかに発色する。長ねぎとピーマンも切る。野菜と肉は分けて炒める。野菜は短時間で炒めていったん取り出し、豚肉を入れてこちらは反対にじっくり焼き目がつくように炒める。調味料は合わせておく。作ってすぐに食べるような時と比べて、水分は少なめに、片栗粉は少し多めに。豚肉に調味料を絡めて、野菜を戻して軽く混ぜるだけくらいに炒め合わせれば、みずみずしさが残る回鍋肉ができ上がる。

津麦はでき上がった料理を見て、今度こそ皆が「お腹いっぱいだ」と、喜んでくれたらいいな、と思った。


朔也が、凜と昌を連れて帰ってくる。

凜は、つたない言葉で、今日保育園で、大好きなトウモロコシの苗を植えた話をしてくれた。見ると、ズボンのあちこちに乾いた泥がついている。そして、オムツがふっくらと膨れ上がっている。早く交換した方がよさそうだ。

昌は、今日も父親の後ろに隠れてひっついていた。チラチラと上目遣いに、津麦の方をうかがっている。よし、と目が合った一瞬、変な顔をしてみせたら、昌は口を真ん丸に開けたまま、しばらく固まってしまった。

そんなやりとりには気づかずに、朔也が言う。

「カジダイさん、今日もありがとうございました」

いつのまにか、朔也の中で、カジダイさんが定着している。普通は、苗字《みょうじ》か、スタッフさんって呼ばれるのに。独自のあだ名をつけるのが好きな人なのか、なんて考えてしまう。

朔也の顔を見ると、顔色はくすみ、無精髭が生えていた。髪に艶はなく、あちこちにくるくると広がっている。週の半ばの水曜日。すでに疲れが溜まっているのだろう。

「今日も、台所を片づけて、お夕食を作ってあります」

作った料理の温め方と、今日はちゃんとごはんを炊いたことを話した後、津麦は朔也にこう切り出した。

「それで、今日は折り入ってお願いがあります」

「お願い？」

「今日は……その、私に、いつも通りの織野家の夕方を見せていただけませんか？」

「はあ」

相変わらず、朔也は目の下に、夜の帳《とばり》みたいな影を落としている。

じっと見ていると、その暗さに吸い込まれていくような感覚になる。

朔也の目の下の影は、いつからあるんだろう。奥さんの病気が分かってからか、それとも奥さんを亡くしてからか。寂しさも不安もたった一人で抱え、その目の下に溜め込んで、自分自身じゃ気づかないふりをして、朔也は毎日仕事に家事に動き回っているのかもしれない。逸《そ》らしたくなる衝動を抑えて、自分の目に力を込める。

「織野家の、一番忙しい夕方の様子を見学させていただきたいんです」

安富さんと話した時、自分に今できることはこれしかないと思った。

「見学ぅ？　なんでまた」

「前回、織野様に言われて気づいたんです。恥ずかしながら、私、圧倒的に実生活での家事の経験が少ない。ですから、何をすれば、織野様の日々の家事が少しでも楽になるのか、正直申し上げると、分からないんです。想像もできない」

「それじゃあ……」

「でも、分からないからって、何もしないで、見て見ぬふりをしてその場に突っ立ったままでいるのは嫌なんです。私、せめて、想像できる人になりたい。自分とは違う道を歩んできた人のことも、想像できる人になりたいんです」

津麦は必死に頭を下げた。

「本当は、見学とかそんなこと普段はしちゃいけないんですけど、織野様はお電話での事前打ち合わせにも毎回ほとんど時間をいただいていませんし、そのカウンセリングの代わりが今回の見学ということにさせていただきたいのです。私のことは、静かな子どもがもう一人増えたと思っていただけませんか？　絶対に邪魔も、手出しもしませんので。お願いします」

「ガキが五人もいて、もう一人増えるのかよ」

「五人も六人も一緒じゃないでしょうか」

「一緒じゃねぇ……！」

あ、やってしまった。また大人げなく売り言葉に買い言葉を言ってしまった、と思った瞬間。朔也を遮って言葉を挟んだのは、真子だった。

「いいじゃん、パパ。見学くらいならさ。させてあげなよ」

澄ました顔をしながら、助け船を出してくれたようだ。強気な朔也も、年頃の長女の言葉には弱いらしい。

「真子ぉ。いつの間に、カジダイさんとそんなに仲良くなったんだよ。んーーー、そんならもういい。カジダイさんがいるんじゃなくて、お前の友達がいるんだって思っておくからな？　ちゃんとお前が、相手してやるんだぞ！」

「えっ……分かったよ」

真子はしぶしぶといった感じで答えた。

「ありがとうございます！！！　真子ちゃんもありがとう」


朔也は家中を、常に小走りしていた。

まずは、子ども達が保育園で使ったタオルや着替えやよだれかけを、洗濯カゴへ持っていく。昌はもう一人でできるが、凜には手助けがいる。朔也が凜のリュックから出して、凜がカゴまで持っていく。それから、連絡帳のチェック。後ろからそっとのぞくと、昌は、今日保育園の昼寝でおねしょをしてしまったと書かれていた。朔也はおねしょしたことには触れず、なんでもないことみたいに昌に指示を出す。

「まさぁー！　おしっこついてる着替えは分けて、横のバケツに入れておいてくれよー！」

凜が朔也のそばへ寄ってきて、言う。

「パぁパ、りんもおしっこ」

「おしっこ？　おしっこしたいの？」

「でたー」

「出ちゃったのか……いつも、出る前に教えてくださいよ。トイレでする練習、しような？」

「はぁい」

「お願いします。あーあー、ズボンまで濡れちゃってるから、こりゃあ、お着替えだな」

凜のオムツを替えて丸めて捨てて、ズボンを着替えさせる。

そして、一度手を洗ってから、ベランダに干しておいた洗濯物を一気に取り込む。六人分だから、一日だけですごい量だ。服に、タオルに、シーツもある。洗濯物は畳む暇はないから、とにかく家の中に取り込んでおくだけ。こうして、海の上にまた一つ洗濯物の波が立つ。その上を、子ども達は歩き回り、遊び回る。

朔也は、帰ってきた樹子と慶吾の音読の宿題を聞きながら、食卓を片づけ、晩ごはんの準備にとりかかった。いつもは何かしら自分で作っているようだが、今日は津麦が作っておいたものを温めてよそえばいい。

朔也は神妙な面持ちで、炊飯器に向かう。初回に期待を裏切られただけに、何をおいても先に米を確認しないことには気が済まないのだろう。

炊飯器を開けると、白い湯気が立ちのぼった。朔也は、内釜にいっぱいのごはんを見て、鼻から大きく息を吸い込んだ。そして、しゃもじで十字に切って、ほぐす。それから、皿に盛られた回鍋肉を見て、にやりと口元を緩めた。

前回は遠回しに邪魔だと言われたけれど、晩ごはんを作る手間が省けるだけでも、楽になるのではないか。そう感じられて、津麦は少しだけ嬉しくなった。

一方で、一連の夕方の家事を眺めてみると、以前の失敗の大きさを実感する。おかずを温めてよそって、さぁ後は食べるだけだと思いながら、炊飯器を開けたらごはんがない。落胆ぶりはきっと壮絶だ。しかもあの日は、豚汁だった。

「米なしで豚汁なんて食えるわけねぇだろ!! くそっ!!!」と苛立《いらだ》っている朔也の姿が目に浮かぶ。その後、腹ペコの子ども達をどうやってなだめたのだろう。申し訳なさが募る。

「いただきます」

朔也が言うと、皆も口々にいただきますを言う。

朔也は自分の夕食は、かき込むように三分で食べ終えた。「ごちそうさま」の声も聞こえぬほどの忙《せわ》しなさで次の作業に移り、料理の感想を聞くことは叶わなかった。

子ども達はパクパクと食べ続けている。凜や昌には、味が濃すぎないだろうかと心配していたが、大丈夫だったようで、ひとまず安心した。

子ども達が食べている間に、朔也は風呂を洗って沸かす。沸くまでの間に、できる限り食器を洗って、できなかった分は、シンクに置いておいて。子ども達が、食卓で食べこぼしたものはそのまま。拭く暇なんてない。

洗濯物の海から、小さな子たちのパジャマやタオルを探し出して、凜と昌を風呂に入れる。風呂から上がったらパジャマを着せて、髪を乾かし、歯を磨いてやりながら、樹子と慶吾に順番に風呂に入れと声をかける。

真子は、いくつかのことを独り言を言うようにぼそっと教えてくれた。

「洗濯物は畳む時間がないから、パパが子ども達を寝かせたあとにハンガーから外してその辺にばら撒いておく。そうしたら、子ども達でも探せるから。たまに疲れて、外すことさえできない日もある」

父親のことなんて興味ないという顔をしているのによく見ているな、と津麦は思った。

他にも「昌は今朝、家でもおねしょをした。ママが死んでから、続いてる」とか、

「パパは昌と凜を寝かしつけたあとに、明日の保育園の準備、小学生組のプリントの確認、台所の片づけ、明日の朝の洗濯の準備なんかをして、限界が来たら寝る」と言う。


目まぐるしく過ぎる夕方から夜の時間。

夏至が近づき、外ではゆっくり空がグラデーションを描くように色を変えるこの時間も、あわただしい織野家の家の中では、瞬きする間に過ぎていく。

毎日、これが繰り返される。

それが生活だ。

毎日、毎日。


「ありがとうございました。大変勉強になりました」

子ども達と寝室に入ろうとする朔也に、静かに告げて、津麦はメゾン松沢本町をあとにした。外は暗く、涼やかな風が吹いていた。忙しなさと騒がしさでいつの間にか火照《ほて》っていた身体に、夜風が心地よい。線路沿いの道のでこぼこを確かめるように一人歩きながら、津麦は、先ほど織野家で繰り広げられていた光景を思い返した。
織野朔也は、日々、子ども達にごはんを食べさせ、歯を磨き、寝かせている。ちゃんと。

確かに、リビングの床は足の踏み場もない、ひどい状況だ。けれど、朔也は生活の何もかもを放棄しているわけではないのだ、とふと気づいた。あの人は、あの人なりに必死に、六人での生活を支え、営んでいる。

それは初めて織野家を訪れた時から、津麦が「理解できない」と言い、見えていなかったことへの答えのようなものだった。

できていないわけでも、やっていないわけでもない。

ただ、手のひらの窪《くぼ》みにためていた水が、指の隙間からこぼれ落ちるように、いくつかの家事がこぼれていってしまうだけだ。洗濯物を片づけることはきっと、そのこぼれた水なのだろう。本当なら、時間があれば、余裕があれば、あの人はちゃんとそれをするのだろう。そう思う。ただ、時間も、余裕も、あの人には足りなすぎるんだ。だから、気づけば水滴が海になっていた。海の中に、大事なものも、厄介なことも、溶けたり、浮かんだりして漂っている。

その水を、掬《すく》う人になりたい。
津麦はぼんやりと思った。
線路の上の空に、クリームイエローの少しだけ欠けた月が、ゆらりと浮かんでいた。

八

次の水曜日まで、津麦は具体的に自分には何ができるのだろう、と考えた。安富さんとも電話で話してみたけれど、これ！　というものは見つからなかった。安富さんは分かっていても、きっと最後の大事なところは教えてくれない。そういう人だ。やはり、最後の突破口は織野家の台所だ。あそこが一番、織野家の生活の中心にあるような気がする。あそこに立てば、何か見えてくるかもしれない。見て学ぶ、は前回ひとまず完了だ。今日こそ、家事のプロとして、できることを摑めたら。

そんな決意を胸に、今日も共用エントランスのインターホンに向かう。「2・0・

2」それから、「呼出」ボタンを押す。

押した。

押したのに、いっこうにオートロックのドアは開かない。スピーカーからも誰の声もしない。もう一度押しても、変わらなかった。

子ども達、皆遊びに行っちゃったのかな。そんな日もあるよね。あの年齢の子たちは遊びたい盛りだろう。このままここで待ってみるか、それとも朔也の嫌いな電話をかけるか……。

と考えていたその時。突然、スピーカーがオンになった。

ガチャンガチャン、ドンと大きな音がし、続いて短い悲鳴が聞こえた。津麦は驚き、スピーカーの横に手をついて、叫ぶように「どうしたのっ！」と呼びかける。返事はない。ガサガサッ、ガサガサッと擦るような不気味な音が二度三度した後、オートロックのドアだけが静かに開いた。

ドアが開くや否や、津麦は中に飛び込んだ。ただならぬ様子に、急いで階段を駆け上る。二階であれば走った方が速い。手提げの革の鞄が、中が飛び出しそうな勢いで上へ下へ揺れる。二〇二号室へ駆けつけると、ドアの内側からドシーンという大きな音がし、床がかすかに震えた。再び悲鳴が聞こえる。

慌てて、ドアに耳を当ててみると、

「やめてよ！　なんでそんなことするのっ」

真子の声だ。こんなに取り乱している彼女の声は初めて聞く。ドンッ、ゴンッ。壁に何かがぶつかるような、鈍い音が聞こえてくる。

「もうっ、やめてーーーー!!」

慶吾の声。必死に何かを止めようとしているようだ。

子ども達に何かあったのか。怪我《けが》をしているのではないか。もしかして、朔也が暴れているのか。

まさか、あの朔也が。

先週目に焼き付けた、家事に育児に奔走している朔也の姿を思い出して、そんなわけないとすぐに気持ちが否定する。と同時に、安富さんが言っていた「虐待」という言葉が迫ってきて、心拍数が上がる。

なんとか中の様子を確かめないと。ドアノブをひねると、鍵がかかっていなかった。人の出入りが多い家だから、こういうことがあるのか。津麦は、勢いよくドアを開けた。

「お邪魔しますっ!! 真子ちゃん？ 慶吾くん？ いる？ 外にいたら、すごい音がしたんだけど、何かあった？」

大きな声で呼びかけてみるが、返事はない。代わりに、なおもドンッという音と振動と、悲鳴のような泣き声が続いている。

「やめてやめて、やめてって!!」

慶吾が、玄関を入ってすぐ右手の部屋から、後ずさりしながら出てきた。

「慶吾くん！」

津麦と目が合うと、前髪の間から涙をぼろぼろ落としながら、駆け寄ってくる。そして悲痛な声を上げた。

「助けて。樹子姉ちゃんを、やめさせてっ」

部屋で暴れていたのは、朔也ではなかった。

樹子だった。トレードマークのツインテールを振り乱し、汗だくになって両手足を振りまわしていた。顔を見ると、いつもは光にあてたビー玉みたいに輝いている目が、今日は生気がなくくもっている。

部屋では、本棚が倒れ、木の板の色のついていない割れ目が、尖ってむき出しになっている。教科書や本や文房具が、床に散乱している。倒れているイスをなお、樹子は持ち上げようとしていた。

「待って、待って待って！　樹子ちゃん!!」

津麦は、樹子とイスを一緒に抱きかかえるように止めに入った。イスの脚が、津麦の腹と腕にぶつかる。衝撃のあと、鋭い痛みがあった。それでも、津麦は樹子を止めるのに無我夢中だった。相手がもっと大きな子なら怖かったかもしれない。けれど、樹子だ。つい先日一緒にトランプをした、まだ小学生の女の子だ。

「樹子っ！　もう本当にやめてっ!!　津麦さん、怪我してる!!」

真子の言葉で、樹子はやっと我に返ったように止まった。怪我してると言われて見ると、確かに左腕に擦れた傷ができ、そこからじわっと血が滲んできている。

樹子は、その傷を見てわっと泣き出した。津麦は怪我をしていない右手をゆっくりと伸ばし、樹子の頭をよしよしとぎこちない手つきで撫でた。勢いがつきすぎて、自分でも止められなくなってしまっていたんだろう。やっと止まって、安心したんだろう。そんな風に思いながら、撫で続けた。これで少し、落ち着いてくれるだろうか。

「津麦さん、ごめんなさい」

「ううん、いいの。こんなの。ほんと、かすり傷だから」

津麦はできる限りの優しい声で言った。

真子はリビングに行って洗濯物を掻き分け、埋もれた棚の中から、救急箱を持ってきた。津麦はそれを受け取り、自ら脱脂綿に消毒液を吹きかけて、傷口に押し当てた。傷はズキンと痛む。それでも、顔の筋肉が強張らないように気を付けた。傷は横に少し大きく、絆創膏《ばんそうこう》だとはみ出してしまう。代わりにガーゼを当ててテープを貼る。指で切ったテープは長さもバラバラで、あっちこっちにくっついて上手く貼れない。固唾《かたず》をのんでその様子を見守っていた子ども達だが、手当てのでき上がりがあまりに不格好で、皆で笑ってしまった。

「怪我なんて、久しぶりにしたから」

と、津麦は照れ臭くなって、言い訳をした。

それから、聞いていいものか、それは私の仕事だろうかと思案したけれど、どうしても気になってしまい質問する。

「それでその……樹子ちゃんは、こんな風によく、暴れちゃうの?」

「うぅん、こんな風になったのは初めて」

「そうなんだ。……何かあった？」

樹子はどちらかというと、小学生らしい素直ないい子という印象で、こんな風に暴れるなんて、思ってもいなかった。きっと何か理由があるんだろうと津麦は想像した。学校で何か嫌なことがあったとか。ちょっと早い気もするけど、好きな子がいて、その子に彼女ができたとか。そんないつもと違う、何かが。

けれど、樹子の答えは、予想外のものだった。

「今日は、家に一番最初に私が帰ってきたの。最近いつも、本当は家に帰るのが嫌だった。どんなに学校で楽しいことがあっても、家に帰ってくると嫌な気持ちになってた。イライラしてた」

「そうだったんだね。どうしてイライラしちゃったんだろ」

樹子の次の言葉を促そうと、津麦は優しく尋ねる。

目を伏せながら、樹子は言う。

「分かんない。私も、なんでこんなにイライラするのか分かんない。でも、帰ってきて洗濯物の中に立ってたら、すごくイライラしてきたの」

「うん」

「そうだ。この間、津麦さんとやったトランプ楽しかったな。また、前みたいに友達を呼んで家でやってもいいなと思ったんだ。でも、こんな家じゃ、恥ずかしくて友達も呼べないんだよなって思って。私は友達の家に遊びに行くのに、友達には来てもらえないんだよ。なんでって、いつも聞かれるの。家がこんな汚いからなんて言ったら引かれるし。言えないし。なんとなく友達ともギクシャクしちゃって、それでイライラしてたのもあって。何もかも、うまくいかないって思ったの」

この子は、家のこと、そんな風に思っていたのか。明るくて、楽しそうに、なんでもないことみたいに笑っていたから、全然気が付いてあげられなかった。そうやって笑って、イライラや悲しい気持ちを隠していたのか。

「でも、パパは凜や昌の世話もあるし、仕事もしてるし、もうこれ以上何かお願いするなんて、できないって分かってる。私はお姉ちゃんだから。六年生だから。我慢しなくちゃって、分かってるんだよぉ。分かってるのにイライラが降り積もって、どうしたらいいか分かんないの!!」

樹子の目には涙が滲み、噛み締めた唇は震えていた。

初めて会った時、あんなにキラキラ誇らしそうに聞こえた「六年生だから」が今日はこんなにつらく聞こえる。この子は今までに何回「六年生だから」「お姉ちゃんだから」と自分を律してきたのだろう。

再び気持ちが昂《たかぶ》る樹子と対照的に、真子が静かに言う。

「その気持ち、分かるよ。私も一緒だよ」

樹子は肩を大きく上下させながら、ゆっくり真子の方を見た。

「パパには申し訳ないけど、わざと帰るのを遅くするために、本屋で何時間も立ち読みしたりしてたんだ。家に帰りたくなくて。帰ってもママはいなくて、こんな洗濯物だらけの部屋に一人ぼっちで。そんな悲しいことってないの。樹子はイライラするんだね。私は悲しくなるんだけど、たぶん結局同じことだよ。だから、誰か先に帰ってきてくれてないかなーって思ってた。

でも、そうだよね。樹子だって、慶吾だって同じだよね。言えなかったんだね。ごめんね、私が一番お姉ちゃんなのに、全然二人のこと考えられてなかった」

「僕も」

慶吾は、言いたいことは全部、真子が言ってくれたとばかりに短く言う。

その言葉は、家族じゃないと言えないな。津麦はすぐ隣で見ていて、思う。子ども達だけで、気持ちを伝えあって、励ましあっていて頼もしい。

けれど——少しだけ寂しい。

家の中に入り込んでる、別の誰か、ではダメなのだ。「分かるよ」と言い合えるのは、当事者だけだ。今その言葉は、織野家の家族じゃないと言えない。津麦ではダメなのだ。

津麦はやっぱりここでも、自分は無力だと一層感じた。一体全体、自分には、何ができるというのだろう。家族でなく、ベテラン家事代行でもない自分が、ただ家に入り込んでいるだけの異物に思えた。

今日こそ何かを摑みたいと思っていたのに、せっかく見学までして少し近づいたと思ったのに。むしろ遠ざかっていく。

「言ってよ。話してよ。姉弟《きょうだい》なんだよ」

「じゃあまずは、ただいまってちゃんと言って？　一人でいても、それが聞こえただけでほっとする。それで、ただいまって聞こえたら、おかえりって言うようにするから」

「絶対だよ？」

「ただいま」

「ただいま」

「おかえり、お姉ちゃん。慶吾」


子ども達が話を終えた頃、津麦はすっと台所へ立った。どんな事件が起きた日も、気持ちが沈んでいる日も、何も食べないわけにはいかない。

今日も料理を作る。今、自分ができることはそれくらいだ。

メニューは何にしようか。台所を片づけながら、考える。

何か、皆の心がほっと落ち着く料理にしよう。食べて元気を出して、子ども達がまた明日に向かえたらいい。

これまでのメニューを思い返すと、そういえば魚介類を使ってこなかったことに気がついた。何かあるかなと冷蔵庫をのぞく。冷凍庫にシーフードミックスが入っていた。キャベツを使ったクラムチャウダーなんてどうだろう。魚介と春キャベツの味がしみたスープは、きっと皆の気持ちまで柔らかくしてくれる。

それから、今日はから揚げにしようかと思っていたけれど、事件もあって料理できる時間がいつもより少ない。揚げ物は厳しい。それなら、もっと簡単に、フライパンに並べて焼けば出来上がる、チーズピカタにしよう。

もちろん、ごはんは忘れずに、一番に炊く。

ごはん
鶏むね肉のチーズピカタ
春キャベツのクラムチャウダー

鶏むね肉は、そぐように一口大に切る。

そこで、織野家一人一人の顔を思い浮かべた。「一口大」と言っても、大男の朔也と、小中学生の真子、樹子、慶吾と、幼児の昌や凛――一口の大きさはずいぶん違う。大中小、大きさを切り分けることにする。

むね肉をそのまま焼くとパサパサしてしまうので、口当たりが嫌いな子もいるかもしれない。卵を絡めてから焼けば、肉の水分が逃げずにふっくらジューシーにできる。さらに、卵に粉チーズを入れておくと、こんがり焼けたチーズが香ばしく、子ども達も大好きな味だろう。

そして、クラムチャウダー。シーフードミックスは、塩水にしばらく浸けて解凍する。凍ったままスープに入れてもいいのだが、雑味や臭みを減らすための一手間。年齢も性別も、好きも嫌いも、バラバラな家族皆が、できるだけおいしく一緒に食べられるように、と思いながら手を動かす。

鍋にバターを溶かし、一センチ角に切った玉ねぎ、にんじんを入れて炒める。水を注ぎ、スープの素とじゃがいもを加えて煮る。

グツグツと揺れるスープの表面を見ながら、津麦は思った。

料理には作る人の思いが、詰め込まれている。けれど、その思いのすべてが、食べる人に伝わるわけではないのだろう。きっと。

どんなに、食べてほっとしてほしい、元気を出してほしいと願い、どうしたら皆が食べやすくなるだろうと考えたって、そのすべてが伝わるわけではない。

でも、それでいいんだ。織野家の皆には、そんなに難しく考えてほしくはない。もう十分、いろんなことを抱えすぎているんだから。

食事のときくらい抱えていたものを下ろして、ゆるめて。ただ、おいしく食べてくれたら、それでいい。

明日も健康に過ごせたら、百点満点。

牛乳、春キャベツ、シーフードも入れて煮立たせれば、クラムチャウダーも完成だ。

朔也たちが帰ってくると、朔也を部屋に呼び、かいつまんで樹子の話をした。とはいえ、夕方の時間だ。小さな子ども達もいる前では、なかなかじっくり話すことはできない。無残に割れてしまった本棚を見て、朔也はじっと考えるように黙り込んでしまった。その後津麦が帰るまで、朔也はずっと押し黙ったままだった。

九

「帰り際に、何か私にできることがあればお手伝いしますと、パパにはお伝えしたんですけどね」

翌日、津麦は安富さんに電話をかけ、事の顚末《てんまつ》を報告した。朔也の様子に不満がなかったと言えば嘘になる。どうしても愚痴っぽくなってしまった。

「そうでしたか。樹子さんが……。今回の対応は、それで良いと思います。また何かご家庭で話し合いがされたら、織野様から連絡があるでしょう」

「分かりました。連絡を待ちます」

ここからは報告ではないのだが、と思いながら、結局は聞いてほしくて、津麦は口に出してしまう。

「けど、やっぱりダメですね。子ども達はすごいです。お互いに『分かるよ』って声をかけ合って、励まし合っていました。『分かるよ』って言い合えるのは当事者だけです。今回の場合は、家族だけ。子ども達に対しても、私って、結局何もできないのかもって思っちゃいました」

安富さんには、情けない声ばかり聞かせてしまっている。

「そうですか」

安富さんが、少し電話の先で考えるように、間をおいてから言った。

「でも私は思うのですが、樹子さんは、津麦さんが来る日だと分かっていて、そういうことをしたんじゃないですかねぇ」

「え？」

思ってもみなかったことを言われ、驚いた。

「だから、エントランスのドアは開いたのではないですか。私は開けたのは、暴れていた樹子さんご本人のような気がします」

「なんでそんなこと」

「その場にいてほしかったのかもしれないし、止めてほしかったのかもしれないし、そばで見守っていてほしかったのかもしれませんね」

「見守る……」

津麦は、樹子が思い詰めていることに気づけなかったことを悔んでいた。子ども達が話している時、励ましの一つも言えないのも不甲斐《ふがい》なかった。できたのは、とにかく部屋の中に入り、話を聞いて、最後にいつもどおり食事を作ることくらい。それで良かったんだろうか。それが「見守る」になるんだろうか。

「そのくらいなら……私にもできたのかもしれません」

「ええ。家族だからこそ、言えないことってあると思うのですよ。一番身近な人だからこそ、気を使い合って、言いたいことが言えないってこと。津麦さんにはないですか?」

ないも何も、母にはこの家事代行をしていることさえ言えていない。と思いながらここでそんな話をする気にもなれなくて、津麦は、「はあ」と曖昧に返事をした。それを安富さんは、肯定と見抜いたらしい。

「そうですよね。現にこれまで、樹子さんは家族だけの場では言えなかったんですから。そこに、津麦さんという第三者が入ってきて、言えなかったことを、言ってもいいのかなと、思えたのだと思いますよ」

それなら、少しは自分があの場にいた意味はあったのか。光が差したような気持ちになった。と、同時に、前に安富さんから言われた言葉を思い出した。

「前に安富さん、家事では劇的な変化は起こせないって、言ってませんでした？」

あれは、織野家を訪れて間もない頃の電話だったか。それを聞いて、家事とは地味で、単調で、味気ないものだと、改めて思ったのだ。変に期待するのは、やめておこうって。今になって、実はそんなパワーがあると明かすなんて、ちょっとズルい。もっと早く教えてほしかった。そしたら、あの時もあの時も、あんなに迷わなくて良かったんじゃないかな。

「フッフッフッ。劇的な変化は起こりましたか？」

ああ、そうだ。こうやって質問して、初めから答えを明かさないのが、安富さんなのだった。

「悩んでて、誰にも言えなかったことが言えるようになるって、その人にとっては大きな変化ですよね」

「たしかに、そうかもしれませんね。ただ、商社のように、百億のお金は動きませんが？」

「お金の多い、少ないじゃないです」

少し前の自分に言い聞かせているみたいだ、と思った。前職と比べて、家事代行なんて、と思っていた自分に。自分が囚われていたものが、目の前から消え去っていく。

「そうですね。昨日の出来事だけ見ると、劇的に変わったように感じるかもしれません。でもこれは、津麦さんが少しずつ積み重ねてきたからこそ、起こったことなのだと思います。昨日今日だけではなくて。樹子さんは、第三者なら誰でも良かったわけではないのです。きっと。津麦さんと話をしたり、毎週家事をしている様子をそばで見ていて、何か感じたのではないでしょうか。そうして、心を開いたのだと思いますよ」

「そうなんでしょうか」

樹子がこの人なら、と思ってくれたのなら、嬉しい。その嬉しさは、今まで自分の中にはどこを探しても見当たらなかったものを連れてきた。覚悟、と名の付くようなもの。もっとこの場所で頑張ってみようか、と足にぐっと力をくれるもの。

「前に話した時、私は、『家事はたった一度で、人の価値観を変えてしまうような、劇的なものではない』と言いました。たった一度では無理でも、諦めて終わらせてしまわなければ、少しずつ変化は起こるのかもしれませんね」

少しずつ、少しずつ。

「なるほど」と頷きながら、津麦は思う。

私は掬《すく》いあげられるのだろうか。

織野家の人たちが、落としてしまったものを、少しずつでも。

十

何度か水曜日がやってきて、雨の続く季節になっていた。

ここのところ、朔也は津麦が約束の十八時まで家にいることを許してくれるようになっている。以前、知らない人が家にいるのは落ち着かないと言っていたから、「知らない人が家にいる」感覚から、「いつものカジダイさんがいる」に変化してきたのかもしれないな、と津麦は思う。

子ども達も、津麦と話すことが増えていった。尋ねられれば、料理の手を止めて、宿題を見てあげることもあった。勉強は得意だったので、いくらでも答えられた。一桁の割り算を何度も間違う慶吾を見て「そもそも九九の7×6をあやふやに覚えちゃっているんじゃない？」と指摘したのも津麦だった。その発見をした時は、家にいた子ども達全員が、津麦のことを褒め、一時的に「津麦センセイ」と呼び方を変えたほどだ。

真子と話ができたのは、樹子と慶吾が遊びに出ている日だった。津麦は何気ない調子で真子に尋ねた。初めて津麦が家事代行にやってきた日のことを、だ。

「初回のあの日、真子ちゃんはなんで家にいたの？　学校はどうしたんだろう、ってずっと思ってたんだ」

真子は、思い出すように天井を見上げた。

「あぁ……開校記念日だったはず。中学の」

「そうだったの。パパが頼んで、休ませたわけじゃなかったんだね」

「パパは、私なんか頼りにしないよ」

真子は、寂しそうに笑った。

「そんなことないと思うよ。現に、あの時、真子ちゃんがいてくれて、私は助かったもの。でも、翌週からは、どうするつもりだったんだろうね、パパは。私がカギを預かって通う形になってたのかなぁ。留守の家でもカギを預かれば、家事代行に行くことはできるんだけどね」

「一週間後とか、そんな先のことまで考えられてなかったんじゃないかな。パパ、その日その日をやり過ごすのに、精一杯な感じだから。今も」

「そっか。そうだったのかもしれないね」

話していると、樹子と慶吾が帰ってきた。樹子の事件があって以来、姉弟の間でも会話が増えたらしい。その日の学校の出来事など、他愛もない話をしている様子を、津麦は何度も台所から見かけるようになった。

けれど、週に一度、二時間だけの家事では、家の中に目に見える形での変化は、ほとんど現れなかった。相変わらずリビングにはクリームイエローの海が横たわり、シンクでは泥のような水が溢れ出しそうになっている。

安富さんは、「こればかりは、ご家族がやると決めなければできないものですよ。いくらこちらがおすすめしても、本人の強いやる気と動機がないと。片づけも進まなければ、これまでの習慣を変えていくことだってできません」と言っていた。待つしかないのだと思っている。

その日、昼過ぎから降り出した雨は、夕方には土砂降りに変わった。激しく叩きつけられた雨粒が、窓にピンポン玉くらい大きな跡を残すさまを見て、津麦は「電車が遅れるかもしれない」と三十分早く家を出て織野家に向かった。けれど、電車は遅れておらず、歩く道も心配したほど時間はかからなかった。約束の時間に遅れずにすんだことに、ほっとする。少し早いが、喫茶店など何もない駅に引き返す気にもならない。かと言って、マンションのエントランスに留まっていると、住人に不審者だと通報されてしまうかもしれない。仕方がないので、傘を差し、マンションの駐車場で開始時間が来るのを待つことにした。

〈お客様の家には、早く伺っても遅く伺ってもダメ。お約束した時間の五分前に、インターホンを鳴らしましょう〉

家事代行の研修で、一番最初に習った、訪問時の注意事項だ。津麦はいつなんどきも、これを厳守している。だから大雨だろうと、いつも通り五分前になるまでは、ここでじっと待つ。

雨粒がバチバチと傘を打つ。

傘の中、津麦は濡れないように、できる限り身を縮めた。黒い鞄を抱え込むように、身体の内側へ入れる。ずぶ濡れになって、織野家の床――というか洗濯物――を濡らしてしまっては大変だ。

その時、

「カジダイさん？」

ぎゅっと身を固くして持っていた傘の下から、いきなり朔也の顔がのぞき込んできた。

驚いた。大雨で、近づいてくる足音が全く聞こえなかった。心臓がドキドキする。

朔也は、眉間に皺を寄せながら、雨音に負けじと大きな声を出した。

「何やってんすか！　さっさと、家ん中入りなよ。こんな雨なのに、濡れちゃいますよ！」

初めて電話した時に聞いたのと同じ、怒鳴るような声だ。優しい言葉をかける時でも、この人はこんな風に声を出すのだな、とおかしくなる。

「いえ、でも。まだお約束の時間より早いですから。そんなに早くお客様の家に、伺うわけにはいきません」

注意事項を思い出し、緩みそうになった顔にキュッと力を入れなおして、津麦は言う。

「くそ真面目っすね。いいんだよ。もう何回来てくれてるんだよ。自分の家だと思ってくれたって全然かまわない。家事はお願いするけどさ、もう子どもらだってそう思ってるよ。あいつらが、部屋から見つけて、あれはカジダイさんじゃないかって。呼んでこいって、もううるさいんだ」

五人の子ども達の顔が、頭に浮かぶ。そう言われてしまうと、津麦は弱い。あんなにいろいろ抱えている子ども達に、これ以上余計な心配ごとは、たとえ米粒ほどの小さなことでも増やしたくはない。しぶしぶ、朔也についてマンションの中に入った。

「お邪魔いたします」

誰かに連れられてお客様の家に入るのは初めてだったから、どうにもいつものように仕事のスイッチが入らない。

「だから、堅苦しいって言ってんでしょ。樹子ー！　慶吾ー！　カジダイさん連れてきたぞー！」

樹子と慶吾がタオルを持って、パタパタと走ってくる。

「津麦さん！　もう！　なんであんなところにいたの？　早く入ってきなよ！　濡れたら風邪ひいちゃうじゃん」

樹子は頬を膨らませ、慶吾は前髪の間から見え隠れする眉をハの字に下げて、津麦を見る。真子と保育園組の帰宅は、まだのようだ。

「ごめんね、心配かけちゃって。樹子ちゃん達が気づいてくれたんだってね」

そう言って、肩についた水滴を受け取ったタオルでぬぐう。先にリビングへ向かう朔也の背中を見ながら、津麦は樹子にたずねた。

「パパ、今日は仕事は？」

「なんか、大雨だから仕事にならないとか言って。早く終わったみたいだよ」

「そっか」

リビングには、雨のせいで洗濯物の海だけでなく、森まで生まれていた。物干しラックが乱立し、乾いた洗濯物の層と濡れた洗濯物が混じり合い、異様な臭気を放っていた。津麦は入った瞬間、思わず顔をしかめる。

見ると、干してある洗濯物の中で特に大きく、目を引くものがあった。今日もシーツが干されている。前に見学した時、真子が昌のおねしょの話をしてくれたのを思い出す。津麦の視線に気づいたのか、シーツの乾き具合を確かめるように触れながら、朔也が言った。

「また、昌はおねしょしちゃって。夜尿症《やにょうしょう》っていうらしくて。五歳になっても、おねしょが続くの。やっぱり、母親が死んだストレスもあるのかな」

ポロッとこぼれ落ちてしまったような言葉だった。いつも怒ったように話す朔也のこんな弱々しい声を、初めて聞いたと思った。津麦は答えた方がいいか、聞かなかったふりをした方がいいのか、とっさには分からなかった。答えようとしても、思うように言葉が出てこない。こういうところを掬いたいと思っていたのに。

しかし、夜尿症なんて言葉自体、今初めて耳にしたのだ。対策やアドバイスめいた何かなんて、やっぱりどうしたって、言えない。それでも何か言わなくてはと口を開いて、「そうなんですか」と素っ気ない返事をしてしまう。

困った。いや、落ち着こう。まだ、来たばかりだ。

津麦にとって、台所はお風呂の次に、いい考えが閃《ひらめ》く場所。台所に立って、いつものルーティンを始めれば、何かいい答えが思いつくかもしれない。呼吸を整え、エプロンをしめ、頭に三角巾を巻いて、台所へ向かう。

「では。本日もよろしくお願いいたします。今日も、台所まわりを片づけて、それが終わり次第、夕食の調理に入らせていただきます」

「はいはい、律儀だねぇ。よろしくお願いしますよ」

朔也は、先ほどの弱気な雰囲気はどこへやら。裾の濡れたニッカポッカのポケットに片手を突っ込み、からかうようにニヤリと笑った。

初めて来た時には、目を逸らしたくなるようなひどい台所だと思った。でも、今は。ここに立つと、不思議と先ほどまでさざ波だっていた心はいったん鎮まって、さあ今日も仕事だとスイッチが入る。

今日もなかなかに片づけ甲斐がある。けれど、回数を重ねるうちに、効率よく片づけられるようになってきた。まずは、台所と関係のないものを運び出す。おもちゃとか筆記用具とかハガキとかレシートとか。それから、水切りカゴにふせてあるものは拭いて食器棚へ、出しっぱなしの調理器具も所定の場所へとしまう。

ふと、麦茶パックの入っている瓶に目がとまった。前回来た時、台所中にバラバラに散乱していた麦茶のパックを、手ごろな空き瓶に入れておいたのだけど、今日までそのまま残っていた。中のパックは減っているようなので、その後も、この瓶から出して使ってくれているようだ。小さなことだが、そういう前に自分が来た時の痕跡みたいなものが残っていると、この家にも家族にも受け入れられてきていることを実感する。嬉しくなる。この台所に親しみさえ、感じ始めている。一週間頑張って、六人を支えてた？　と声をかけたくなる。

排水口のゴミを捨て、シンクに残るコップや器を洗い始めたところで、朔也が近づいてきた。津麦は身構える。「やっぱり今日は俺がいるので、もう帰ってもいいですよ」と言われるのではないか。初めて顔を合わせた日の悪夢が、頭をよぎった。

「今日は、その……俺が、見学してもいいですか？」

朔也がおずおずと聞く。

「雨だから、保育園の迎えは車で行くので。まだ時間もあるんで」

「え、えぇ？」

予想もしていなかった申し出に、津麦は驚いた。

「できることは、俺もやります。隣で皿拭いたり、棚にしまったりとか。他にもなんかあったら言ってください」

「あ、ありがとうございます」

いつもの朔也らしくなくて、調子が狂ってしまう。そして、背が高いから、隣に立たれると、威圧感がすごい。どういう風の吹き回し……そうか、だから今日は大雨が……なんて一人で考えていると、津麦が洗った皿の水滴を布巾で拭きながら、朔也は言った。

「この間のあれ、正直参りました」

その体格からは想像できないほど、弱気な声になっている。

「あれ？」

津麦は、白いカップを洗う手を止めて、朔也を見た。朔也の視線は、皿に集中したままだ。

「樹子の。本棚ぶっ壊すほど、思い詰めてたなんて、全然気づいてなくて。カジダイさんにも迷惑かけてすんませんでした。なかなかちゃんと話す時間もなかったし、俺自身もどう受け止めていいか悩んじゃって、謝罪が遅くなってしまいました。申し訳ない」

あぁ。今日、見学したいというのは口実で、本当は樹子の暴れた日のことを話したかったのか。

「いいえ、謝罪なんていいんです。結局私は何もしていません」

「でも、怪我したって」

「かすり傷です。ほら、もうすっかり」

と言って、左腕を見せる。かさぶたは剝がれ、白くふっくらした腕の内側に、茶色い線が短く走っていた。

「すみません」

「もう消えますよ。それより、最後は真子ちゃん、樹子ちゃん、慶吾くんの三人で話をして、子ども達で解決していましたよ」

「そうなんですか」

「聞いてませんか」

「えぇ。もう大丈夫だから、の一点張りで。三人とも。いつも俺にはなんにも、話してくれないんですよ。そんなに俺って、頼りないですかね」

朔也は苦しそうに笑った。

「樹子が暴れたことも。真子が夜遅く帰ってくる日があることも。慶吾が俺に気を使うことも。凜のトイレトレーニングが進まないことも。昌のおねしょのことも。子育て、うまくいかないことが多すぎて。何から進めたらいいのか……。俺、寝たら大抵のことは忘れるんですが、そういうわけにもいかなくて」

津麦に聞いてほしいというより、もう自分の胃の中には留めておけなかったものを、衝動的に吐き出してしまったような言い方だった。朔也はいつまでも、津麦を見ない。

そんな朔也を見て、津麦は似ていると思った。悩みは違うけれど、織野家を追い出されて、朔也に痛いところを指摘されて、グルグルと考え込んでいた自分と朔也の姿が重なって見えた。あの時自分はどうやって、その迷路から出てきたんだっけ。ザーンザーンと響く波音が、蘇ってくる。

「あ」

海で、安富さんに話を聞いてもらったのだった。そうして見つけた答えで、今も織野家で働き続けることができているのだ。あの時はあまりに悩み過ぎて、海で無茶な待ち合わせをして、そこで安富さんに見つけてもらえたら、自分の答えも一緒に見つかるんじゃないかって期待していた。そんなこと、あるわけない。そうじゃなくて、話を聞いてもらいながらも、自分自身で選んだ。自分で選んで、今ここにいられることが、どこか嬉しいのだ。

「海に……行ってみたらどうですか」

津麦は、ポツンと言っていた。

「私もこの間、どうしようもなく考えがまとまらないって時があって、海に行ったんです。そしたら、いろいろ、うーん。なんだろ。なんていうか……見つけた！　って、気がしました」

なんだよそれ、と朔也は笑う。笑うと一瞬、目の下のクマは見えなくなって、目尻にギュッと皺がよる。

「まあでも……確かに。わりと近いけど、しばらく行ってなかったな。海。家と仕事場の往復ばっかで」

リビングでテレビを見ている樹子と慶吾を見ながら、呟くように言う。

「行ってみようかなあ、海」

そして、津麦に問う。

「そしたら、カジダイさんも一緒に行ってくれます？」

「えぇ!?　私ですか!?　いや、でも、それは……できかねます。家事代行の仕事ではありませんので」

　行きたくないわけじゃない。どちらかと言うと行きたい。いや、本当はすごく行きたい。自分だって、安富さんがいなければ見つけられなかったから。誰か朔也の話を聞ける人が必要だと思う。それでも、仕事という口実がないまま突き進むのは、今の津麦には難しい。

「はは。やっぱ真面目だな。うーん、どうしようかな。行くって決めたって、俺と子ども達だけだといつもの休みみたいに寝ちゃって、起きられない気がするんすよね。誰かと約束してれば、起きられそうなんだけど……」

　朔也は、しばらく考えてから言った。

「じゃあ、こうしましょう。海岸公園でチビ達の子守りをお願いする、ということでどうでしょう。ちゃんと正式にお仕事として、依頼します」

　朔也が、別の日にも家事代行の依頼をしてくれる。思ってもみなかった提案に、津麦の気持ちは明るくなった。

「わが社は育児支援にも、力を入れています。保護者同伴で行う公園でのお子様の保育は、家事代行のメニューにあります。私もご一緒可能ですっ！」

津麦は、張り切って答えた。

十一

夏の訪れを感じさせる、よく晴れた日曜日。朝から織野家のチャイムを鳴らすと、子ども達が賑《にぎ》やかに出迎えてくれた。

「いらっしゃい〜」

笑顔でドアを開けてくれたのは、樹子だ。

「わぁい、ちゅむぎしゃん〜、だっこぉ」

樹子の足元から飛び出してきて、両腕を差し出しているのは、凜。

「凜。津麦さんは今からお仕事だから、あとで海の公園行った時に、遊んでもらいなよ?」

凜に後ろから言い含めているのは、真子。

「つむぎ、おはよ」

女の子達の奥で控えめに立っていたのは昌。他の子ども達は「津麦さん」と呼んでくれているはずだが、昌は気づくと呼び捨てになっていた。朔也と同じで我が道を行くスタイルか。

「津麦さん、今日は晴れて良かったですね。よろしくお願いします」

慶吾は、今日も実に丁寧。

朔也はまだ寝ているようだ。結局、津麦と約束しているからと言って、早起きできるほど、浅い疲れではないのだ。

「真子ちゃん、樹子ちゃん、慶吾くん、昌くん、凜ちゃん、おはよう！　皆今日はよろしくお願いします」

津麦はにっこり微笑《ほほえ》んだ。


エプロンをしめ、荷物と買ってきた食材を、台所の床に置く。

一昨日、朔也から電話があった。朔也は電話がかかってくるのは嫌だが、自分からかける分にはいいらしい。自分勝手だよなぁと思いながら、そういう細かな好みにも慣れつつあった。今ちょうど、施工が大詰めで買い物に行く暇がないと言う。

スーパーでの買い出しも、立派な家事代行のメニューである。津麦は買い出しを快く引き受けた。買い物の内容を確認し合ってから、電話を置く。

はじめの頃は、全部汲み取れ！　と言わんばかりだった朔也だが、最近は少しずつ、相談したり、作業のすり合わせもしてくれるようになっていた。津麦が朔也の好みに慣れてきたように、朔也の方も津麦の考えを徐々に認めてきてくれているようだ。

今日の家事代行メニューは、買い出し。台所片づけ。昼食のお弁当作り。それらが終わり次第、夕日ヶ浜海岸公園にお弁当を持っていって保育、となる。

今日は保育もあるから、手が空くようにと、大きめのリュックでやってきた。リュックは、撥水《はっすい》生地で軽くて動きやすい。黒い手提げ鞄ではなく、次からはこれで家事代行の家へ通おうか。その方が、今の仕事には合っている気がする。

鞄を買ってきてくれた母との約束を、忘れたわけではない。だけど、もう約束は十分に果たしたのではないか。母が買い与えてくれたものではなくて、新しい自分なりの生活へ、一歩踏み出したい。今は気持ちが前を向いている。

片づけが終わると、スーパーの袋から、買ってきた食パン三斤とキャベツ一玉などを取り出し、カウンターに置いた。ドンッと大きな音がする。材料だけでもすごい量だ。作る方の気合いも入る。子ども達は、時々カウンター越しに台所を眺めつつ、水着を探したり、タオルを荷物に詰めたりして楽しそうに出かける準備をしている。

お弁当のメニューは考えておいた。

キャベツたっぷりサンドイッチ
（ツナサンド、ハムサンド、
卵サンド）

キャベツはもう春キャベツではなく、パリッとかための葉に変わっている。春の間にどれだけたくさん使ったとしても、季節の食材が終わってしまうのは、少し寂しい。家事では来るたびに同じことを繰り返すけれど、季節は確実に移ろっていく。

ただ、柔らかすぎるよりこれくらいのかたさの方がスライスはしやすい。スライサーは、シャッシャッと小気味よい音をたてる。ボウル一杯に千切りキャベツができたら、塩をかけて少し置く。

その間に、ツナとハムと卵を準備する。小さな子がいるから、マスタードはやめておこう。味付けはマヨネーズと少しのお酢、そして塩こしょう。夏のお弁当だから、お酢は殺菌のために欠かせない。キャベツはギュッと水気をしぼって、同じように味付けをする。

パンは二種類用意した。

一つは、六枚切りの食パン。「テレビで見るような、見た目にもインパクトのある分厚いサンドイッチがいい！」という樹子のリクエストに応《こた》えるためだ。

食パンは、軽くトースターで焦げ目をつけ、バターを塗っておく。一枚に用意した具材をのせ、その上に、キャベツを山のようにのせる。黄緑色の小山ができたところで、これくらいでいいかな？　と手を止めそうになったが、キャベツが好きな朔也のことを思い出し、もう一段、ギリギリまで高く盛った。焼いておいたもう一枚のパンをのせ、上からギュッと押さえる。ラップを巻き、少し馴染《なじ》ませてから、ラップの上から切る。

溢れそうなほどボリュームのある断面。樹子が口を大きく開けて、サンドイッチにかぶりついている様子を想像すると、思わず笑みがこぼれた。

もう一つは、凜と昌のことを考えて、十枚切りの食パンに。こちらは焼かずに、ふわふわのまま使う。二人の手にも収まるくらい、食べやすい薄さと大きさにしよう。

六人家族それぞれに合わせた気遣いが、いつの間にか自然とできるようになってきていた。朔也の汲み取れ！　というプレッシャーがなくなってきた一方で、こうやって六人を思いやれるようになってきたのは不思議なものだ。

夏の海に行くのだからと思い、事前に見つけておいたクーラーボックスや保冷剤を、戸棚の上から下ろした。年季の入ったクーラーボックスの埃を払って、綺麗に拭いていると、底の方に「おりの」という文字を見つける。指先でなぞりながら、家族の過去に思いを馳《は》せる。昔、織野家のママが生きていた頃、皆でピクニックに行く時に使ったのかもしれない。お弁当や冷たい飲み物を詰めて、海に、山に、川にだって行ったのかもしれない。大事に使おう、と思う。

津麦は朔也と、夕日ヶ浜海岸の浜辺に、膝をかかえて座っていた。すぐそばの波打ち際で、慶吾と昌と凜が遊んでいる。太陽は高い。砂浜には、短い影が並んでいる。

昌ははじめ、打ち寄せる波が怖くて半べそをかいていた。けれど、海は初めての凜が座り込んで波とキャッキャと戯れているのに刺激されたのか、慶吾が優しく手を取ってくれたからか、津麦にカッコ悪いところは見せられないと思ったからか、一緒に遊び始めた。

はじめこそ珍しく津麦がいて、いくらでも遊んでくれるというのだから、「つむぎ、つむぎ」と呼んで皆で一緒に遊んでいたが、途中から子ども同士でしか分からないごっこ遊びをはじめた。結局は子ども同士の方が、楽しそうに遊ぶのだった。そりゃあそうか。この子達は毎日毎日、朝も夕も、大人にはほとんどかまってもらえない中で、子ども同士で工夫して遊び、成長しているのだから。

津麦は幼い頃の自分を想像し、砂浜の上にその姿を形作ってみる。洗面所の母の足元で遊ぶ自分。母はこちらを見てくれず、独りで遊ぶしかなかった自分。今、織野家の子ども達に交じり、あの中へ入っていったら、一緒に楽しく遊ぶことができるだろうか。

津麦は、少し離れたところから見守ることにする。朔也はその隣に腰を下ろす。前に来たときは淡かった海の上の空は、濃い青へ変わっていた。空に散らばるわたのような雲は、夏の日差しにも負けぬほど、陰影も輪郭も力強い。真子は樹子に、腰ほどの深さの浅瀬でクロールの仕方を教えていた。

「可愛いですね。子ども達」

「可愛いでしょう？　俺の子ですから」

朔也がニンマリと誇らしげに笑ってみせる。初めて会った時も思ったけれど、「自分一人で家事できますから」といったような、この根拠のない自信みたいなものはどこから湧いてくるのだろう。少しだけ、その自信を針でつついてみたくなる。

「こんな可愛い子たちを置いて、死んじゃったりしたら、絶対にダメですからね」

「えぇ？　死にませんよ。死にそうに見えますか？」

「うーん。奥さんの後を追ったりはしないと思いますけど。でも、慶吾くんが心配していました。パパもママみたいに、死んじゃうんじゃないかって」

「慶吾は心配性なんですよ」

「目の下にこおーんな濃いクマ作ってたら、誰だって心配になりますよ。忙しすぎ。家事のやりすぎ、です」

津麦は、人差し指で、両目の周りに円を描く仕草をした。くるくるくるくる。朔也は開いた膝に頬杖をつき、津麦の様子を見て面白くなさそうに言う。

「家事のプロから見ても、俺って、家事のしすぎだと思います？」

「家事のプロって、私のことですか？」

「そりゃあ……。他に誰がいるんだよ」

朔也は呆れている。朔也の口から、家事のプロという言葉が聞けて、津麦の心は浮き立った。織野家を追い出されたあの日から、自分にはそう呼ばれる資格はないと思っていたのだから。

「ええっと、家事のしすぎかって聞きました？」

「うん」

「本当のこと言ってもいいですか？」

「うん」

「しすぎです。べらぼうに」

見学した夜の、朔也の動きは脳裏に焼きついている。あんな忙しく走り回っていて、しすぎでなければ、何をしすぎだと言うのだろう。

朔也は細めていた目を一瞬見開き、そして言った。

「そっかぁあ。良かったぁ……」

心底ほっとしたという様子だ。

「正直、まだまだ足りてないんじゃないかって思ってたんですよ、俺。部屋だってあんなだし。料理だって、決まったものしか作れないし。子ども達のことだって……」

朔也の言葉を聞いて、あぁ、と津麦は思う。

家事代行をはじめた時、家事なんて世の中の多くの人が当たり前にできていると思っていた。けれど、それがまずもって、思い込みだったのかもしれない。本当はできている人なんて、そんなに多くないんじゃないか。

商社時代の自分の生活を考えてみたら、もっと早く分かったはずだ。

あの時期に、と想像してみる。とてつもなく限られた時間の中で、床にはゴミが落ちていなくて、洗濯機を回して干して畳んで箪笥《たんす》にしまって、一汁三菜の料理を作る。そんなことが自分にできただろうか。

全部をきちんとできる人の方が、本当は少ないんじゃないか。家庭って、普段、壁に囲われて、外からは見えないものだから。勝手に皆、他の家はできていると思い込んで、そうして自分は足りていないと思ってしまう。

外からはどれだけきちんと生活しているように見えたって、内に入ってみたら、実は目を疑うような光景が広がっているのかもしれない。いつも乗っている電車から見える、あの家もあの家も。本当は家事が回らなくて、外には聞こえない悲鳴をあげているのかもしれない。

中に入ってみないと、分からない。それならもう、他人の家の中を想像して、自分を責めたり、幻想に振り回されるのはよそう。

「あれだけ動いてて、しすぎじゃなかったら、どうなっちゃうんですか。他人の家の様子と比べる必要なんてないですよ。隣の家の中でさえ、本当は誰にも分からないんですから」

「んーー、でも。自分の家でもさ。もし死んだのが俺で、生きてたのが妻だったとしたら、もっとちゃんとできてたんじゃないかって、考えちゃうんですよね。部屋は綺麗で、料理はおいしくて、子ども達にはなんの問題もなくて」

津麦は、朔也の顔をまじまじと見た。視線が、目の下のクマに吸い寄せられる。この人は、自信満々なふりを演じながら、裏ではそんな風に考えていたのか。死んでしまった奥さんに少しでも劣らないように、奥さんが生きていた時と同じように子ども達が過ごせるように。毎日、あんな必死に家事をしていたのか。

朔也のまわりに漂う暗い靄を振り払うように、津麦はきっぱりと言う。

「奥さんはすごかった」

津麦は、一つ頷く。

「もう、それでいいじゃないですか。すごかったと認めて感謝して、それで、また明日からは自分なりに生きていけばいいと思う。生きているのはあなたです。奥さんじゃない。あの家で、暮らしていくのもあなた。子ども達と一緒に、これからの人生を歩んでいくのもあなたです。

ちゃんとしてる妻。きちんとしてる母。そういう先人の背中を追いかけて、溺れかけるのはやめませんか」

朔也は、そうか、先人か……と呟き、ハハハと乾いた声で笑った。そうして目を細める。

「こないだの雨の日の話の続きだけど……俺が振り回されてるのって、本当は子ども達じゃなくて、妻。というか、妻が生きてた頃ちゃんとやってくれていた家事なのかもしれないです。確かに、溺れかけていたのかもなぁ。子ども達の顔、今日久しぶりにじっくり見ました。毎日、朝も夕方も、見てたはずなんですけど、記憶に残ってなくて。そのくらい家事に振り回されてたんだなぁって、ここに来て気づきましたよ。余裕なかったんだなって」

朔也は、小さなため息をつく。

「そうなのかもしれませんね」

津麦は、相槌《あいづち》を打つ。

「家事かぁ。家事、かじ」

朔也は、放り投げた言葉をいろんな角度から見るように、上を見上げたり、首を傾けたりしながら呟いた。

「家事ってほんと、なんなんすかね。永遠に、前にも後ろにも進まないで。犬が自分の尻尾を追いかけてるみたいに、同じところをくるくる回ってる感じなんですよね。片づけても、数分で汚されて。また片づけて、汚されて。この片づけた時間はいったい何の意味があったんだろうって。

料理だってそうですよ。作っても、作っても、すぐに子どもらの腹は減る。食べてる最中から次の食事は何にしようか、って考えなきゃいけない」

津麦は思う。大工という仕事とは正反対なのが、家事なのかもしれない。彼が作る建物は、一つ一つの成果が目に見えるし、何十年も残り続けるものだ。そんな仕事をする人が、家事をそう感じるのも無理はないのかもしれない。

けれど、と津麦は思う。

すぐそばで、静かに打ち寄せる波のいく末に目を向ける。凜にせがまれて、慶吾と昌が砂浜に流木で、絵を描いてやっている。波が来ては引いていくたびに、その絵はなだらかになり、やがて消えていく。その穏やかなさまが好きだと思う。

「私はたぶん好きです、家事」

引いていく波は家事に似ている。繰り返しやってきては、寄せた時に撒き散らした砂や、砂浜に描いたでこぼこを、鏡のように滑《なめ》らかに引いて、消し去る波。

「へえ。たぶん、なんだ」

「私もしばらく、先人の姿を追いかけて溺れてましたから。なんだか分からなくなっていました。自分は本当は何が好きなのか、とか」

学生の頃、「家事なんて地味なこと、もうやりたくない」と願いながら家事を投げ出すことができなかったのは、母を追いかけて、褒めてもらいたい一心だったから。

けれど、家事代行になって、織野家と出会って、家事そのものを見つめて、あの頃の気持ちは変化してきているのを感じる。

「ふーん」

そのまま、朔也はぼんやりと海を見つめた。

「パパー、津麦さーん！　お腹すいたーーー！」

真子と樹子が、裸足で砂浜を駆けてくる。

「お弁当にしましょうか」

津麦は笑顔で手を振った。

「わぁい!!　おべんとー!!」

凜がおぼつかない足取りで、砂浜をとてとてと走り出した。その後ろを、慌てて昌と慶吾が追いかける。

海岸公園で日陰を探すと、大きな木の陰を見つけた。七人が座ってもすっぽり覆われるくらいの陰。ひんやりと涼しい。そこにシートを敷き、津麦が作った二つのサンドイッチ弁当を広げる。

「わぁー！　おはなみたい!!」

広げたお弁当を見て、凜が手を叩く。

ハム、キャベツ、卵、キャベツ、ツナ、キャベツ、ハム……なるほど。ハムのピンクと、キャベツの緑、卵の黄色が、野の花のように色合いがいい。

「こっちはすっごく分厚い!!　おいしそう!!　ほんとにテレビで見たやつだぁ」

樹子がもう一つのお弁当を指さし、心底感動したように言った。

「よし、じゃあ。食べようか。いただきます」

朔也が手を合わせて言うと、皆がそのあとに続いた。

「いただきますっ」

五人の子ども達の声が揃う。待ちきれないという表情が、嬉しい。

「おいしいねえ」

一口ほおばって、凜が言う。おばあちゃんみたいに背中を丸め、ハムサンドを大事に抱えて味わう様子は、のどかでとても愛らしい。見ているこちらまで、幸せな気持ちになる。

「僕はふわふわたまご〜」と手を伸ばすのは昌。

「はい、どうぞ」と取ってあげるのは、慶吾。

「このパンのかりっとしたとこがいい」と一口かじって、評論家みたいなことを言う真子。

「うにゃー、おいしいーー！　津麦さん、天才っ！」大きな口を開けて食べ、はしゃぐのは樹子。

「天才は言い過ぎです」

予想以上に喜んでくれて、津麦は照れる。

「じゃあ、プロみたいー！」

「まあ、プロと言えばプロですねぇ。料理人ではないけど。家事のね」

「ああ、そうだった！！！」

樹子が言うと、笑いが起こった。

「どれどれ」

朔也が分厚いツナサンドに、手を伸ばす。

「ああ、うまい。やっぱり、キャベツがうまいんだなあ」

朔也はしみじみと言う。

ああ、やっと、朔也の心からの「うまい」が聞けたなと、津麦は思った。胸の真ん中があたたかくなる。キャベツをこれでもかというほど、ギュッと詰めた甲斐があった。

そうか。そうだ、こういうとこ。こういうところが好きなんだ。

「分かりました」

「何が？」

「たとえば、サンドイッチに好きなだけ好物のキャベツを詰め込んで、それをふうっと一息つきながら食べる。みたいな感じで。家事をすると、生きやすくなると思うんですよね」

生きやすさと言っていたのは、安富さんだったろうか。今やっとその言葉の意味が、津麦にも分かった気がする。

「へえ。生きやすいときましたか」

「私も前に人から言われた時は、ピンとこなくて。でも少し分かりました。生きづらい時代とかって言われるけど、外の世界は、自分の力ではそう簡単に変えていけないじゃないですか。けど、自分の家の中だけは、自分が生きやすいように、好きにすることができるんですよ。住みやすく、過ごしやすく、眠りやすく、どんな風にもできる。その手段が、家事だよなって思うんです」

「ふん」

朔也は、分かったとも分からんともつかない返事をする。

子ども達は、大人とちょっとだけ距離をとり、自分達だけで昼食の後の遊びについてあれこれ話をしている。真子と慶吾が気を使ってくれているのだろう、と頭の端の方で思い、津麦は感謝する。

「家の中だけって言いましたけど、家事をした自分の家の一部を、鞄に入れたり、お弁当に詰めたり。そうやって持ち歩くことだってできます。そしたら、外でも少し息をつくことができますよね。そんな風に、ふうっと息をつけるものを家で自分なりにつくることが家事だと思うし、そういうところをつくったり整えたりするのが、好きです。私は」

「なるほどねえ」

「でも、あくまで自分が生きやすいように、ですよ。

家で、ただ眠れたらいい人もいますし。

食事だけはきちんととりたい人もいます。塵《ちり》一つとして、許せない人だっています。毎日、キャベツをたっぷり食べたい人もいます。どこかの家や、先人の家と、自分の生きやすい家を比べる必要なんてないんですよ」

「そうか。まぁでも、俺一人だけの家じゃないし。家族がね。俺は良くても、きっと、毎朝毎朝、靴下の片割れを探して回るような生活は、やっぱりちょっと……生きにくいですよね。家族皆が、ふうっと息がつける家にしたいんですけどね」

朔也の声は悲しげに砂浜を漂う。それから絞り出すように言った。

「けど、どうやったって、俺に全部はできない。今まで、できないなんて、絶対言ってやるものかと思ってたけど。できないはずはないって、自分に言い聞かせてやってきたけど。妻にも約束したけど。でももう……無視できないとこまできちゃったんだ。どうやったって、こぼれていってしまうんです」

「そうですよね……」

朔也のつらさと痛みを思うと、やるせなかった。

初めて会った時に、全部できますから！　と言われたことを思い出す。一瞬、クリームイエローの海が津麦の前に現れた気がした。

「だから、それを掬《すく》うのが私たちの仕事です。生きやすくなるようにする。そのための家事のはずなのに、家事をやって、もしくはやらなきゃって思って、逆に苦しくなっちゃったら、ダメなんですよ。こおーんなに、濃いクマを作っちゃうのもダメです。うん。そう。だから、そういう時は、誰かに頼らないと。周りに誰もいないと思っても、家事代行はココにいますからね」

津麦は言った。瞳は波間の光を取り込んでキラキラと輝いていた。

その視線の先を、サンドイッチでお腹を満たした子ども達が「ごちそうさまでしたーーっ」と大きな声で言って、駆けていった。

十二

津麦は、窓という窓を、めいっぱい開けた。

いつか、と思っていた日がやってきた。カラリと晴れた掃除日和《びより》、気持ちのいい風が、海のある方角から吹いてくる。やるぞと決めてくれたこと、それが何よりも嬉しくて、外の空気を吸い込んで津麦の胸は膨らむ。

「まずは、大きな持ち手つきのカゴを、七つ用意してください。プラスチック製で重ねられるものがいいです。あとメッシュで、外から中が見えるとなお良しです」

織野家に着くと、事前に伝えておいた通り、真っ白な四角いメッシュの洗濯カゴが七つ用意されていた。


この日が来るずっと前から、津麦は社内の研修を受けたり、整理整頓術の本を読んだりして、備えていた。生まれてからずっと母によって整えられた環境で育った自分には、整理整頓のスキルが足りない。その自覚はあった。でも織野家を片づけるなら、織野家のことを一番よく知る自分が、という思いは強かった。だから、必死に勉強したのだ。

一週間ほど前、安富さんは、朔也から「家を片づけたいんです」という電話を受けたことを、津麦に教えてくれた。

「私は、織野様に、『いつもの家事代行の担当者ではなく、整理整頓のプロの者を派遺しましょうか？』とお聞きしたのですよ」

「えぇっ……」

「酷なことですが、それが会社のルールなのです。状態のひどいご家庭には、整理整頓の資格や実績を持った者を、まずはお勧めするようにと」

「そんなぁ」

それじゃあ、自分はいったい何のために勉強してきたのか。

「ですが、織野様は『カジダイさん、永井津麦さんでお願いします』とおっしゃいました」

「うそっ。本当に？　良かったぁ……」

安心して、大きく息を吐いた。朔也が自分を指名してくれたこと、ちゃんと名前を覚えてくれていたこと。そのどちらもが、じんわりと嬉しかった。

「ええ。良かったですね。お客様の指名があれば、片づけに伺うことができます。勉強の成果を、いかんなく発揮してくださいね。ところで、津麦さんは、カジダイさんという愛称で呼ばれているのですか？」

「ええ、まあ」

「信頼されているのですね。家事代行スタッフとして」

「いえ、ただ織野様ってそういう人なんですよ」

「フッフッフッフッ。そういえば、津麦さん。とても熱心に勉強されていたようですが、もしや、これが見つけた夢ですか」

夢、なのだろうか。

商社時代に夢見た、自分にしかできない仕事、ではきっとない。もっと上手くできる人だっているだろう。では、幼い頃の家事をやっつける、という夢の延長なのだろうか。

「いえ。そんな壮大なものじゃないと思います。子どもの頃に、やり残した宿題……みたいなものですかね。九九をちゃんと覚えていないと、次の割り算に進めない、みたいな感じです。けれど今、私自身が一番、やりたいことなんですよ」

「そうでしたか。では、今度は次に進んでいけるといいですね」

安富さんの声は、やっぱり祈りみたいで、津麦の心に沁みいった。

片づけるとはいえ、真っさらな綺麗な家にする気はない。あの家族六人にはそれは合わない。どうしたら、少しでも生きやすい家になるだろうかと、あれこれ頭をひねった。

「七つのカゴは、家族六人それぞれの洗濯物を入れる分と、タオルなど共用のものを入れる分です。これからは、洗濯物を取り込んだ時、もしくはハンガーから外すタイミングで、洗濯物は全部このカゴに『人ごとに分けて』入れてください。分かりやすいように、各自自分のカゴには名前を書いてください。シールなど貼ってもいいですよ」

習慣づけには、低い目標から始めていくのが基本だと学んだ。だから、今までと同じ動作にプラス、ほんの一さじ。簡単に作業できるところから始める。今までは洗濯物は床に縦に落とすだけだったから、その動作のまま、人別に仕分けするところまで。横向きに入れる収納に変えたり、取り込んですぐ畳んだり、そんなに一気に難しくはしない。でないと、ただでさえ時間のない毎日のことだ。すぐにもとの海に戻ってしまうだろう。

それぞれがカゴに自分の名前を書いていく。昌は、鏡文字で「まさ」と書いた後、戦隊ものの大きなシールを貼る。凜は朔也に「りん」と書いてもらった周りにキラキラとしたシールをたくさん貼り付けている。慶吾と樹子は流行《はや》りのゆるキャラのシールを「そのシール可愛いね」「交換する?」と話し合いながら、貼っていた。朔也は、「パパ」という文字をいかに極太にできるか、ひたすらマジックペンを動かしている。真子は細い線で「マコ」とだけ書き、いたってシンプル。

「カゴに名前が書けたら、この床を覆っている洗濯物を、さっそくカゴに分けて入れていっちゃいましょう」

皆でやれば、仕分けはどんどん進む。床が少しずつ見えていくのが嬉しい。

途中でちょっとした事件が起きた。「このパンツは樹子のか、真子のかどっちだ?」と、黒にピンクの縁取りがされたパンツをヒラつかせて、朔也が言ったのだ。デリカシーの欠片もなくて、呆れる。樹子と真子は、キャーッと叫び、大いに怒った。

「なんだよ。これまで、毎日その辺に落ちてたやつじゃないか」

朔也は言ったけれど、まあこれが正常な反応だ。これまでその反応も鈍ってしまうほど、洗濯物が溢れてしまっていただけで。

とはいえ、樹子と真子は背格好が似てきているので、服も下着も、本人たちじゃないと見分けがつかないものが多い。

「名前書く？」

「えー、パンツに名前ー？　ダサいー、ハズいー」

「でも、そしたら毎回樹子のパンツだけ、リビングに置き去りになっちゃうかもよ」

「それはヤダ！　そっちの方がヤダ！」

「じゃあ、書こう」

そう言って二人は、パンツと、パンツだけじゃなくて全部の服に名前を書いた。今日も子ども達で解決している。やはり織野家の子ども達は、たくましいと思う。朔也は、子ども達は問題だらけだと心配していたけれど、それもきっと少しずつ解決していくに違いない、と津麦は思う。

「カゴ七つを平置きに並べておくと、洗濯物を入れる時は便利なんですが、すごくスペースをとります。掃除の時、床で遊ぶ時などは重ねておくといいです」

そう言って、カゴを三つと四つに重ねて見せる。広くなった床を見て、六人は「おぉ」と歓声をあげた。

洗濯物の下からは、あらゆるものが出てきた。ゴミとまだ使うものに分ける。たとえば、ボールペンや髪ゴムやクリップはまだ使う。袋の切れ端などはゴミへ。

全部拾えたら、掃除機がけ。ゆっくり念入りに二周かける。押して引いて、押して引いていく。埃も、塵もなくなって、ずいぶんスッキリとした。窓から入る風に乗って、澄んだ空気が部屋の中を通り抜ける。こうやって大掃除すると、心の中まで掃除されたみたいに気分もスッキリするのだから、不思議だ。

「真子ちゃん、樹子ちゃん、慶吾くん」三人に向かって言う。

「もし余裕があれば、学校から帰ってきたら、自分のカゴは自分の部屋へ持っていって、服を部屋に収納できるといいですね。吊るしたり、見やすく畳んでおいたり。お店みたいにディスプレイしてみるのもいいかも。そうしたら朝、洋服を選ぶのが、きっと楽しくなりますよ」

「つむぎ！　僕も、保育園でお洋服のたたみ方習ったから。自分の分はしまえるよ。保育園でもやってるし」

昌が口をはさんだ。津麦は驚きながら、ふふ、と微笑んだ。

「そうですか！　それは失礼いたしました。では、昌くんもよろしくお願いしますね」

それから、腕を組んで様子を眺めていた朔也の方に向き直る。

「織野家は、子どもに子どものお世話をさせない方針と聞きました。でも、自分のものを自分で片づけるのは、いいですよね。保育園でも、やっているようですし」

「……まあ。はい」

朔也は素直に頷いた。その言葉を聞いた子ども達は顔を見合わせ、小さく手を叩いて喜んだ。

昨日までと、まるで別の部屋のように広々とした部屋で、今日は皆で晩ごはんを作る。

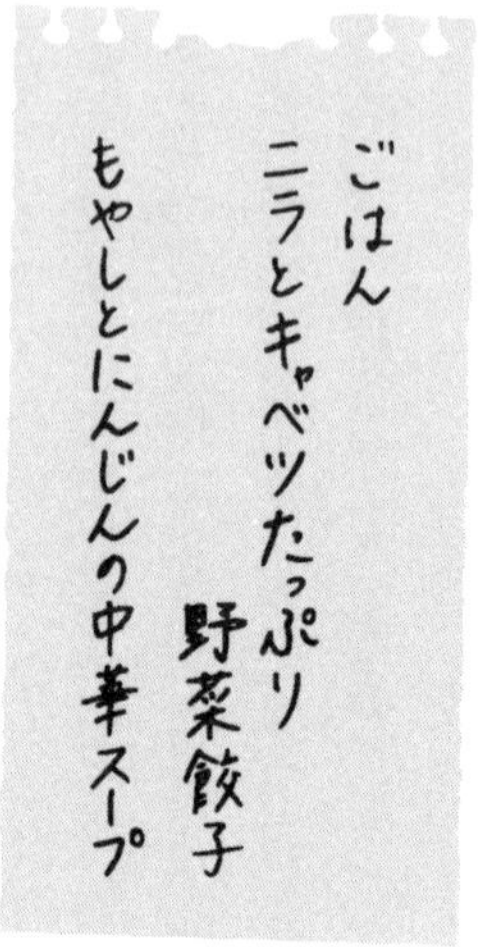

この間、戸棚の中でクーラーボックスを見つけた時、隣にあったホットプレートを

見て思いついた。せっかくだから、部屋がこんなに広くないとできないことをやってみたかった。

キャベツを一玉まるまる使って、百個の餃子を作る。

献立のメモを書きながら、もう少し野菜の種類を増やしたい気がして、スープを添えることにする。


餃子のキャベツとニラは少し大きめのみじん切りにし、塩を振って置いておく。

その間に中華スープを作る。にんじんは太めの千切りに、もやしはさっと洗って、鍋で軽く炒める。

「なに、つくってるのお?」

待ちきれない様子で、台所をのぞいて聞いたのは、凜だった。

「凜ちゃん! 今作ってるのはね、餃子の中身とスープだよ」

「りん、つぶつぶコーンもたべたいの」

「コーンかぁ。そうだ、トウモロコシ、好きだったもんね。冷蔵庫にあるかなぁ?」

「カチコチのがあるんだよお。いつもパパがかうの」

「冷凍コーンのことかな？　じゃあ、スープに入れようか？」

「いれられる？」

「うん、入れられるよ」

「やったぁ！　ちゅむぎしゃん、ありがとう」

「どういたしまして。危ないから、もう少しだけ向こうで待っててね」

「はぁい」

冷凍コーンを見つけ出し、炒めてしんなりした野菜の入った鍋に入れる。水と鶏ガラスープの素を入れて煮立たせる。最後にトロミをつけ、少しごま油をたらしたら完成。

そして、餃子の餡《あん》の続き。

野菜から出た水気はしぼる。キャベツとニラの入ったボウルに、豚ひき肉と調味料を加える。小さい子ども達のために、ニンニクと生姜《しょうが》は少なめに。手早く捏《こ》ねる。

餡を包むのは、津麦と織野家の皆でやることにした。

凜と昌はぺったんこと皮を半分に折って、折り紙のように楽しんでいる。真子と慶吾はセンスがいい。親指を上手に使い、ヒダを器用につけて、形の良い餃子を作っている。朔也も手先が器用だ。物を作る人の手だなぁと思う。樹子は少し慣れるのが遅く、よく餡がはみ出していたのだけれど、「のせる量はこれくらい。ちょっと少な目で。あと左端からギュッと押しながら、ヒダをつけていくとうまくいくかも」と見せてあげると、次からは上手に包めて嬉しそうに笑った。

餃子のレシピは、津麦の母のレシピを少しだけアレンジしたものだった。特別なものは何もない。それでも、餃子の味は実は家の数だけあるのではないか、と最近津麦は思う。

母を手伝って餃子を包む姿を思い出すとき、記憶の中の津麦はもう大きかったし、家族三人分では、こんな風にワイワイとした雰囲気にはならなかった。夕方、西日の差し込むキッチンで、黙々と母と二人、餃子を包んだ。それでも、餃子を包むのは好きだったなと思う。淡々と包む作業そのものも好きだったし、何より、母の餃子が大好物だった。おいしい餃子を少しでも早く食べたかった。黙って待っているより、手を動かしたかった。そんな風に自分から進んでやったからか、餃子を包んでいる時は、母は「きちんとしなさい」と津麦に言ったことはなかった。焼けた餃子はパリッと羽根がついていて、野菜のうまみと肉のジューシーさのバランスが絶妙で。いくつでも食べられると、年頃の津麦は困ったほどだった。

餃子のヒダを整えながら、ふと思う。

母に伝えてもいいのかな。家事代行をやっている、と。

初めは永井家の常識が通じなくて、このまま進んでいいのか怖かったけど、私なりにその家の人達と向き合ってみたよ、と。そこで、母に習ったレシピで皆で餃子を作ったよ、自分なりにアレンジしてね、と。そして——家事を教えてくれて感謝している、と。

母はどんな顔をするだろう。泣くのか、怒るのか、笑うのか。

どんな顔でもいい。こちらを見てくれれば。私の頭のてっぺんから、つま先まで残さず全部、見てほしい。母の足元に座り込んでいた、あの頃の私はもういない。私の足は、しっかり、地面を踏みしめている。つま先から、かかとまで、足の裏全部でしっかり道をとらえている。これが今、私の選んだ道だ。道は、今日の天気みたいに、明るく照らされている。

この道の先、いつか私は、あの家を出るだろう。母がいる、三階建てのあの家を。

そして、私も私なりの生活をはじめ、私なりの家をつくるんだろう。

その時こそは、母が笑ってくれたらいいなと思う。

こっちを見て、笑って、手を振って。見送ってくれたらいいな。

今は、そう思う。


百個の餃子は、座卓にはのり切らず、皿にのせられ、床にそのまま置かれている。先ほど、どんどん服を片づけた場所を、今度はどんどん餃子が埋め尽くしていく。やっぱり波に似ているなと思う。この後、きっとこの餃子はどんどん焼かれ、どんどん皆の胃袋に収まっていくんだろう。残った皿を朔也と津麦がどんどん洗って、波が引くように綺麗さっぱりもとに戻って、夜風が部屋を吹き抜ける。そして、また朝が始まるんだろう。

慶吾の言っていた家中のあたたかなものは、戻ってきただろうか。

毎日繰り返される生活の中で、この日の思い出が、少しでも彼らの中に残ればいいと思う。


「さあ、焼くぞー！　者ども、皿の準備はいいかあ！」

朔也の張り切った声が聞こえる。

その声は、開いた窓から隣の二〇一号室にも聞こえているのだろうか。餃子の焼ける匂いが届いているのだろうか。その部屋には、どんな光景が広がっているだろう、と津麦は想像する。

家の数だけ形がある。今ここの常識は、隣では通用しないかもしれない。

それでも、もう怖がらない。助けを求められれば、向き合いたい。真剣に。その家と、そこに住む人々に。家事代行として。

「はい、津麦さん」

真子が、津麦の前に、焼き上がった餃子と缶ビールを置く。

「いけませんっ！　業務中に飲酒など！」

「あはは、だから言っただろ〜、真子！」

「大丈夫。ノンアルコールだよ」

「そういう問題では……！」

織野家には、七人分の大きな笑い声が響いている。

装画　ぷん

ブックデザイン　bookwall

本書はｎｏｔｅ掲載の原稿を単行本化にあたり大幅に加筆修正したものです。

せやま南天 せやま・なんてん
1986年京都府生まれ。作家。
2023年「クリームイエローの海と春キャベツのある家」で
創作大賞2023（note主催）朝日新聞出版賞受賞。
本作がデビュー作。
note　https://note.com/s_yama_nanten
X　@s_yamananten

クリームイエローの海《うみ》と春《はる》キャベツのある家《いえ》

2024年4月30日　第1刷発行
2024年5月20日　第2刷発行

著者　せやま南天
発行者　宇都宮健太朗
発行所　朝日新聞出版
〒104-8011 東京都中央区築地 5-3-2
電話 03-5541-8832（編集）
03-5540-7793（販売）

印刷製本　三永印刷株式会社

ISBN978-4-02-251977-1
定価はカバーに表示してあります。
落丁・乱丁の場合は弊社業務部（電話 03-5540-7800）へご連絡ください。
送料弊社負担にてお取り替えいたします。